OPARACIÓN ZODIACO

AGENTE ESPECIAL AINARA PONS Nº 12

RAÚL GARBANTES

amazon.com/author/raulgarbantes

goodreads.com/raulgarbantes

instagram.com/raulgarbantes

facebook.com/autorraulgarbantes

x.com/rgarbantes

Obtén una copia digital GRATIS de *Miedo en los ojos* y mantente informado sobre futuras publicaciones de Raúl Garbantes. Suscríbete en este enlace: https://raulgarbantes.com/miedogratis

ÍNDICE

PRÓLOGO

El lugar es un laberinto de corredores angostos, paredes grises y ecos que rebotan como si quisieran confundirnos. Peter y yo seguimos dando vueltas, tratando de entender qué está pasando. Aunque una idea clara se forma en mi mente: no tardarán en descubrirnos. Hemos avanzado bastante, pero cada paso nos adentra más en el corazón de la trampa. Hasta ahora nadie ha venido tras nosotros, lo que solo incrementa mi inquietud. Entonces, una sombra se cruza en nuestro camino. Era un hombre armado, pero no lo suficientemente rápido.

Antes de que saque su pistola, ya he actuado. Giro su brazo con fuerza, lo inmovilizo y le propino una patada en la rodilla que lo hace desplomarse al suelo. Un crujido seco confirma que no se pondrá de pie pronto. Su rostro está contorsionado por el dolor, pero eso no le impide intentar arrastrarse para escapar. Cuando se da cuenta de que es imposible, levanta la vista hacia nosotros, desesperado.

—No me dejen aquí —gime, suplicante—. Llévenme con ustedes. Esto va a estallar.

Me acerco, pero no bajo la guardia. Peter observa en silencio, está listo para reaccionar si es necesario.

—¿De qué hablas? —le pregunto, mi voz es como el filo de un cuchillo.

—Han puesto bombas en las turbinas —añade entre jadeos—. Cuando exploten, todo se vendrá abajo.

Miro a Peter. Teníamos razón: quieren volar el complejo. Por eso nadie se molesta en detenernos. Las turbinas son el punto más vulnerable del lugar, y su destrucción podría causar un desastre de proporciones inimaginables. Ahora debemos decidir si intentamos detener las detonaciones o buscamos la salida. Peter me devuelve la mirada, buscando una respuesta.

—¿Arriba o abajo? —pregunta con una calma que casi me irrita.

Arriba está la salida. Abajo, los explosivos.

—Nunca hemos dejado de intentarlo —respondo, encogiéndome de hombros como si la decisión fuera obvia.

—Abajo entonces —dice con una ligera sonrisa.

El hombre herido gime de nuevo, esta vez con más urgencia.

—Esperen —implora—. Por favor, no me dejen aquí.

Peter lo mira con frialdad y responde sin detenerse.

—Deberías haber elegido otro trabajo.

Continuamos avanzando. Aunque ya hemos neutralizado a varios enemigos, nadie parece estar persiguiéndonos. Eso solo puede significar que las explosiones están programadas para muy pronto. Tenemos que alcanzar las turbinas antes de que sea demasiado tarde. Aunque las posibilidades son pocas, no hay tiempo para dudar.

Descendemos al nivel inferior. Este extremo de la central hidroeléctrica alberga cuatro turbinas principales. Si destruyen cualquiera de ellas, el caos se extenderá por todo Maryland, afectando millones de vidas. Corremos por un pasillo largo y desolado. Las luces parpadean, lanzando sombras ominosas que parecen cobrar vida. Entonces, Peter me detiene con un gesto brusco y señala hacia el techo. Sigo su señal y veo una pequeña cámara de seguridad que gira con lentitud hasta enfocarnos.

—Bueno —murmuro—. Por si quedaba alguna duda de que ya nos vieron.

Con un gesto seco, desenfundo mi arma y disparo a la cámara sin pensarlo dos veces. El estallido resuena en el corredor y la cámara explota en pedazos.

—No me gustan los fisgones —comento mientras guardo el arma.

—Sigues teniendo buena puntería —dice Peter con una media sonrisa—. Vamos.

Bajamos por una escalera de concreto. El sonido de motores y agua corriendo se intensifica con cada paso. Cuando abrimos la puerta, la escena frente a nosotros me deja momentáneamente sin aliento. La sala es enorme, dominada por una turbina colosal que ruge en el centro. Bajo ella, el agua del río fluye con una fuerza indomable. Pero lo que en realidad me congela es la cantidad de explosivos distribuidos por toda la estructura. Se tomaron el trabajo muy en serio. Esto no es solo un sabotaje; es una declaración de guerra.

De repente, una alarma ensordecedora invade el espacio. Una voz autoritaria resuena por los altavoces.

—Evacúen el lugar. Esto no es un simulacro. Evacúen.

Los dispositivos en los explosivos se activan al unísono. Pequeñas luces rojas parpadean mientras un cronómetro digital comienza su cuenta regresiva. Quedan sesenta segundos. Tomo la mano de Peter y la aprieto con fuerza.

—No hay tiempo —digo, mirándolo a los ojos—. Hagamos lo que podamos.

Peter asiente. Lo más probable es que terminemos volando en pedazos, pero si desactivamos suficientes explosivos, tal vez salvemos la central y arruinemos los planes de los atacantes. Nos soltamos y comenzamos a correr hacia los dispositivos. Agarro el primero, cierro los ojos y arranco el cronómetro. Respiro aliviada al ver que no explota. Hay esperanza. Paso al siguiente. Quedan cincuenta segundos.

Arranco cronómetros como loca, sin detenerme. Cada explosivo desactivado me da una pequeña luz de esperanza. Peter hace lo mismo al otro lado de la sala. Cuarenta segundos. Mi corazón late como un tambor mientras busco más. Treinta segundos. La pila de explosivos desactivados crece a nuestro alrededor. Veinte segundos. Encuentro los últimos explosivos, corro hacia ellos y los desarmo. Peter también ha terminado. Quedaban diez segundos.

Entonces, la voz en los altavoces cambia. Es fría, burlona.

—Buen intento —dice—. Pero solo desactivaron los explosivos de una turbina. Con que estalle la siguiente, será suficiente. Hasta nunca.

Una explosión cercana sacude el suelo. Luego otra, más fuerte. El techo comienza a ceder. Fragmentos de concreto caen como una lluvia mortal. Miro a Peter. Ya no hay salida. Las explosiones se suceden, y el mundo entero parece derrumbarse sobre nosotros. En ese instante, solo puedo pensar en una cosa: ojalá haya valido la pena.

1

BAJO CERO

Central Park, Nueva York
Viernes, 3 de diciembre, 11:40 a. m.

El aliento de Bob forma nubes en el aire helado mientras avanzamos entre los senderos blancos de Central Park. Hace un frío que cala hasta los huesos, el tipo de frío que se filtra incluso entre las capas de ropa. El aire huele a invierno, una mezcla de nieve fresca y madera quemándose en chimeneas lejanas. Las ramas desnudas de los árboles dibujan siluetas fantasmales contra el cielo gris, y el crujir de mis botas sobre la fina capa de nieve añade un ritmo constante a nuestros pasos. Parece que este año tendremos una Navidad blanca.

Aunque llevo varias capas de abrigo, hubiera preferido quedarme en el piso con una taza de chocolate caliente. Bob, sin embargo, merece su paseo. Su cola se mueve con entusiasmo, ajeno al frío, mientras olfatea el aire helado. Paso mucho tiempo viajando, y cuando estoy en casa, intento compensarlo con él. Mi tiempo con Bob es una especie de ritual, una pausa en el caos de mi vida.

Han sido dos semanas tranquilas, sin trabajo real. Lo agradezco. Las misiones recientes han sido sencillas, y no me quejo. Podría acostumbrarme a este ritmo. Aunque una parte de mí sabe que la calma es el preludio de algo más grande. Esta certeza se materializa cuando mi móvil suena, rompiendo el silencio del parque. Me detengo y lo saco del bolsillo. Me quito el guante para manejarlo mejor. Bob también se detiene, mirándome con esos ojos atentos, como si supiera que este paseo está a punto de interrumpirse.

El nombre que aparece en la pantalla me sorprende: Tom Reed. Un periodista que fue pieza clave en nuestro último caso importante. Gracias a él y a Freddy, logramos algo que nos valió una condecoración presidencial. Su habilidad lo llevó de un periódico local a la televisión nacional. Aunque no hablamos a menudo, siempre que llama tiene algo importante que decir.

—Hola, Tom —respondo al atender—. Qué gusto escucharte. Hace tiempo que no sé de ti.

—El gusto es mío, Ainara —dice con voz relajada, pero que evidencia algo más. Un matiz de urgencia que no pasa desapercibido—. Si no he llamado antes, es porque no había nada relevante que contarte. Pero ahora… algo ha sucedido.

—¿Qué ha pasado? —pregunto, con la curiosidad despertándose.

—Desde aquel incidente —comienza—, el público

cree que soy una especie de experto en desbaratar conspiraciones.

—Y lo eres —bromeo, sonriendo.

—Tal vez —responde con una risa breve—, pero eso también significa que recibo todo tipo de historias locas. Desde ovnis hasta el chupacabras.

—Debe ser entretenido.

—Lo sería, si no fuera porque la mayoría son cuentos sin sentido. Sin embargo, hace tres días me llegó algo diferente. Parece tener coherencia. Quiero saber si tú tienes alguna información.

—Explícate.

—Me dijeron que habrá atentados coordinados en diferentes puntos del país —explica—. ¿Has escuchado del hackeo a la red eléctrica en Virginia ayer?

—Sí —respondo—. Dejaron al estado sin luz por seis horas.

—Fue uno de los atentados que me anticiparon —afirma—. Por eso creo que esta información es real.

Empiezo a pensar que Tom podría estar en lo cierto.

—Cuéntame más.

—No tengo mucho más —admite—. Esta noche voy a lanzar esta historia al aire en el noticiero. Quiero ver si hay alguna reacción. Mientras tanto, estoy preparando un archivo con todo lo que tengo para enviártelo mañana. Si esto es tan grande como creo, tú y tu equipo son los indicados para investigarlo.

Le agradezco la llamada y le prometo estar atenta. Cuelgo y miro a Bob, que se ha sentado, observándome con esos ojos que parecen entender todo.

—Bueno, Bob —le digo—. Vamos a ver al tío Andrew.

Para el mediodía ya estoy en el búnker de Andrew con Bob. Aunque disfruto los descansos, llega un punto en que necesito acción. El refugio, como siempre, está impecable. Las paredes de concreto gris, las pantallas iluminadas con datos constantes y el sonido leve de los sistemas de seguridad me resultan familiares, casi reconfortantes.

Le conté a Andrew sobre la llamada de Tom, y comenzó a investigar el hackeo en Virginia. Acordamos ver el noticiero juntos para escuchar la historia completa. Mientras tanto, también contacté a Freddy. Me dijo que investigaría, pero que con tan poca información era difícil sacar conclusiones. No mencioné nada a Alain, Luna ni Junior; este no es un caso oficial, solo estoy curioseando.

Peter, sin embargo, me llamó por casualidad y le conté lo sucedido. Decidió unirse esta tarde para ver el noticiero con nosotros. Cuando llega, Bob lo recibe con su entusiasmo habitual, moviendo la cola y ladrando con afecto.

—Qué bueno tener algo que hacer —dice Peter

mientras se sienta a mi lado—. Quince días sin trabajar me estaban volviendo loco.

—No te entusiasmes —respondo—. Esto tal vez no sea nada.

—Nada contigo es porque sí, Ainara —responde con una media sonrisa.

Me quedo pensando en sus palabras. Muchas veces he sentido que los problemas me buscan, y su comentario parece confirmarlo. Estoy a punto de preguntarle qué quiso decir, pero el noticiero comienza. Tom suele aparecer al inicio, pero hoy no. Pasan las noticias habituales, y empiezo a sentir una punzada de inquietud. Cuando al fin anuncian la sección de Tom, otro periodista ocupa su lugar.

—¿Qué ha pasado? —pregunta Andrew, frunciendo el ceño.

—No lo sé —respondo, más preocupada de lo que quiero admitir.

El nuevo periodista habla de temas irrelevantes. Saco mi teléfono y llamo a Tom. No contesta. Vuelvo a intentarlo, pero sigue sin responder. La inquietud se convierte en alarma.

—¿Crees que le haya pasado algo? —pregunta Peter, esta vez con seriedad.

El silencio que sigue no ayuda. Miro mi teléfono, casi esperando que Tom devuelva la llamada, pero nada.

—¿Tienes su dirección? —insiste Peter.

—Sí.

Se pone de pie y me lanza una mirada firme.

—Vamos a verlo.

Bob, atento a nuestras acciones, se levanta también,

moviendo la cola con energía. Tomar decisiones rápidas es algo a lo que estoy acostumbrada, pero esta vez hay una sensación diferente. Algo no encaja. Asiento y me dirijo a recoger mi chaqueta y mi arma. Si algo le ha pasado a Tom, vamos a averiguarlo.

En el trayecto hacia la dirección de Tom, el coche está cargado de tensión. Peter conduce mientras yo repaso nuestra última conversación. Sus palabras tienen un peso distinto ahora. Me doy cuenta de que confió en mí porque sabía que algo estaba a punto de desmoronarse.

2

LAS MARCAS DEL SECUESTRO

Brooklyn, Nueva York
   Viernes, 3 de diciembre, 8:10 p. m.

El edificio de Tom nos recibe con un silencio denso. Tras la puerta de cristal, un guardia de seguridad levanta la vista al vernos acercarnos. El edificio tiene seguridad en la entrada. Peter recurre a uno de sus viejos trucos y se anuncia como el agente Bennett.

—Estamos buscando al señor Tom Reed —dice Peter mostrando su vieja placa.

—Ya lo anuncio —responde el guardia de seguridad.

Toma su teléfono para hacer la llamada y espera unos segundos. Se nota que no obtiene respuesta.

—El señor Reed no contesta —informa el guardia mientras cuelga el teléfono.

—Tenemos razones para creer que al señor Reed le ha sucedido algo —explica Peter—. Debía presentarse en el canal esta noche y nunca llegó. ¿Tiene registrada su salida del edificio?

El hombre se muestra preocupado, es un muchacho joven sin mucha experiencia. Seguro nunca se ha encontrado con situaciones como esta y por un momento no sabe qué responder. Luego revisa una carpeta.

—Tengo anotado que volvió a su piso a las 12:30 —nos cuenta mientras examina los registros—, pero no aparece que haya salido. Debería seguir allí.

El guardia dice eso con inquietud. Quizás no tanto por lo que le pueda pasar a Tom, sino porque esto sucede durante su turno.

—De acuerdo —dice Peter—. Déjenos pasar y nosotros revisaremos.

—Es que no puedo dejar entrar a nadie —contesta el guardia— sin autorización del propietario.

—Mira, muchacho —le dice Peter con firmeza—, el propietario podría estar convulsionando en el suelo de su habitación en este preciso instante. ¿Quieres cargar con su muerte en tu conciencia?

El hombre niega con la cabeza, aprieta un interruptor y suena un timbre. Entramos. Supongo que ahora llamará a sus superiores para informar sobre lo que está sucediendo, así que debemos actuar con rapidez. Subimos en el elevador hasta el cuarto piso y nos dirigimos al piso C. Tocamos el timbre y esperamos. No contesta nadie. Peter saca sus ganzúas y se pone manos a la obra.

—No se puede —me dice al instante—. Está cerrado por dentro y con la llave puesta.

—De acuerdo —afirmo, y llevo la mano a la funda

de la pierna, extrayendo mi arma—. ¿Prefieres esta llave o tienes algo más silencioso en mente?

—Déjame intentarlo —me dice Peter dando un paso atrás.

Yo me aparto, ya sé lo que viene. Peter le propina una fuerte patada a la puerta a la altura del cerrojo. Se escucha el crujir de la madera al romperse, pero la puerta no cede.

—Creo que ya lo tengo —añade, volviendo a tomar distancia para cargar.

Le da otra patada, esta vez con más ímpetu, y la puerta se abre de golpe. Algunos fragmentos de madera salen despedidos.

Irrumpimos en el piso con nuestras armas al frente. En la sala se aprecian signos de violencia, una silla volcada en el suelo y un portarretratos destrozado, también en el piso. Registramos el resto del lugar, habitación por habitación, y no hay ningún rastro de Tom.

—La gente no se esfuma en el aire —digo irritada—, si la puerta estaba cerrada por dentro, tiene que haber salido por otro lado. No creo en lo paranormal.

Peter me mira sin entender mi referencia. Claro, él no escuchó a Tom hablar de las historias que le cuentan.

—Revisemos las ventanas —sugiere Peter entonces y empezamos por los cuartos.

Todas están cerradas por dentro. Al volver a la sala, notamos que la ventana de allí también lo está, pero sin el seguro puesto. La abro y me asomo. Miro hacia abajo y no veo nada fuera de lo normal. Veo luego hacia arriba y todo parece en orden.

—¿Qué es eso? —pregunta Peter, asomado a mi lado, señalando unas marcas en la pared.

Justo sobre nosotros, entre nuestro piso y el siguiente, hay dos marcas paralelas como de raspones. Es como si algo hubiera rozado la pared entre nuestra ventana y la del piso superior.

—¿Crees que usaron algún tipo de andamio? —pregunto.

—Eso explicaría cómo salió Tom —supone Peter.

—O más bien, cómo se lo llevaron —lo corrijo y nos alejamos de la ventana.

—Tenemos que subir —dice Peter y asiento con la cabeza.

Debemos inspeccionar el piso de arriba, quizás hayan dejado alguna pista. O, si nunca se registró la salida de Tom del edificio, puede que se encuentre ahí. Así que salimos al pasillo y subimos por la escalera. Al llegar al piso D, Peter intenta de nuevo con las ganzúas. Esta vez me mira y sonríe con satisfacción. Empuja con suavidad la puerta y esta se abre. Echamos un vistazo adentro y vemos a dos hombres que nos observan sorprendidos. Están parados frente a un aparato a medio desarmar. Estoy segura de que es el andamio tipo montacargas que utilizaron para pasar de un piso al otro. El desconcierto entre los cuatro dura apenas un segundo. Los apuntamos con nuestras armas.

—Quédense quietos —les ordeno mientras entramos al piso—. Expliquen quiénes son y dónde se encuentra Tom.

Los hombres levantan las manos y se quedan inmóviles.

—No sabemos quién es ese tal Tom —responde uno de ellos—. Solo somos contratistas, nos enviaron a desarmar este aparato y sacarlo de aquí, eso es todo.

Nos acercamos a ellos, su respuesta no me convence. Ambos son fornidos, como del tipo de las fuerzas especiales, y no parecen simples operarios. Cuando estoy cerca, uno de ellos me sorprende, lanzando una patada directo a mi mano que me hace soltar la Magnum. Se me viene encima para asestarme un puñetazo, pero lo esquivo, agachándome, y le propino un codazo en las costillas. Aprovechando que sigo agachada, agarro su pierna derecha y la empujo con todas mis fuerzas hacia atrás. El tipo pierde el equilibrio y cae de bruces al suelo. De inmediato, me le echo encima con las rodillas sobre su espalda. La Magnum me queda al alcance, así que la tomo y le apunto a la nuca. En eso escucho el estrépito de cristales rotos y miro en dirección a la ventana. Veo a Peter parado junto a ella y las piernas del otro hombre desaparecer frente a él. Peter se gira, me mira y se encoge de hombros.

—Al menos, nos queda uno —me dice acercándose a donde me encuentro.

Me levanto despacio sin dejar de apuntar a la nuca del hombre en el suelo.

—No vuelvas a hacer estupideces —le advierto—. El reciente intento le costó la vida a tu amigo. ¿Quieres que mi compañero te enseñe a volar a ti también?

El hombre se voltea y mira a Peter. Se sienta en el suelo y comienza a hablar.

—Es que no lo entienden —explica—, si digo algo, me matarán.

—¿Y quién crees que te matará primero? —pregunto apuntando a su entrecejo.

El hombre se muerde los labios. Está frente a un arma que podría fulminarlo en cualquier instante, pero le teme a alguien más. De pronto, suena un disparo y veo al hombre sacudir la cabeza mientras gotas de sangre nos salpican. Sin pensarlo, Peter y yo nos arrojamos a un costado y nos ponemos a cubierto. El proyectil entró por la ventana.

—Hay un francotirador allá afuera —dice Peter, agazapado en el otro extremo de la sala.

Levanta su arma como preguntando si devuelve el fuego. Yo niego con la cabeza y señalo al hombre que yace muerto frente a nosotros.

—Ese francotirador sabe lo que hace —le advierto—, si te asomas, te volará los sesos.

—Este bravucón tenía razón en tener miedo —me dice Peter, manteniéndose fuera de la línea de fuego—. Su jefe iba a matarlo antes de que hablara.

Nos quedamos expectantes un par de minutos. Luego me arrastro por la habitación hasta llegar a un costado de la ventana. Me pongo de pie y bajo la cortina con un movimiento rápido. Si sigue alguien allí afuera, ya no nos puede ver. Nos acercamos los dos al hombre con los sesos desparramados en el suelo.

—El francotirador podría habernos matado primero a nosotros —señala Peter—, pero decidió silenciarlo a él.

—También podría haber matado a Tom —agrego, analizando la situación—. ¿Para qué montar todo este operativo para llevárselo?

—Registremos el lugar —sugiere Peter al ver que

aquí ya no hay nada que hacer y que debemos irnos pronto.

Recorremos el piso. En la habitación principal encontramos a una pareja, también muertos. Ambos tienen un tiro en la frente.

—Alguien se ha tomado demasiadas molestias —afirma Peter—. ¿Qué significa todo esto?

—Esto significa… —digo mientras lo medito con detenimiento— que Tom tenía razón. Algo grande está por pasar.

3

LA CONSTELACIÓN SE ACTIVA

Brooklyn, Nueva York
Sábado, 4 de diciembre, 10:30 a. m.

Las sirenas ya se han apagado, pero la cinta policial aún ondea en la entrada. Junior se detiene un momento antes de cruzarla. Anoche, cuando cayó el hombre por la ventana, el guardia de seguridad llamó de inmediato a la policía. Encontraron no solo al hombre destrozado en la calle, sino también al matón muerto por el francotirador y a la pareja ejecutada en su cama; toda una matanza.

Ainara y Peter apenas tuvieron tiempo de salir. Fueron ellos quienes le avisaron al guardia que en el piso de Tom no había nadie, pero que la vivienda de arriba estaba llena de cadáveres. Es por eso que cuando llegó la policía, no vino solo por el hombre en la acera, que podía ser un accidente o un suicidio, sino que lo hicieron preparados para lidiar con múltiples asesinatos. Toda la noche se dedicaron a buscar huellas, tratando de entender lo sucedido. Junior consiguió, a través de Freddy, el informe policial. La cámara del edificio estaba dañada, así que nadie sabía quiénes fueron las personas misteriosas que se hicieron pasar por agentes. Junior dedujo que eso no fue casual, la cámara fue saboteada para no captar a los asesinos. Era evidente el gran trabajo de logística detrás de ellos.

Según las primeras hipótesis de los forenses, la pareja había muerto al menos cinco horas antes de que llegara la policía. Por lo que no se podía acusar a los falsos agentes, Ainara y Peter, de ese crimen. El hombre muerto con el disparo en la cabeza, fue obra de un francotirador y no de una ejecución a corta distancia, así que Peter y Ainara, tampoco podían ser implicados en ese asesinato. Por último estaba el hombre que cayó por la ventana, ese sí podría ser adjudicado a ellos, pero no había ningún testigo del hecho, por lo cual, estaban cubiertos en todo sentido. Eso era muy bueno, para qué agregar más muertes a la extensa lista que ya llevan sobre sus hombros.

La misión de Junior ahora es descubrir cómo entraron esos hombres al edificio y cómo sacaron a Tom sin que nadie los viera. Para esto usa una identidad falsa que ya ha utilizado en múltiples ocasiones, la de asistente del fiscal de distrito.

—Necesito ver los registros de entrada y salida de ayer —solicita Junior.

El guardia se los entrega. Ha estado desde temprano respondiendo preguntas y mostrando papeles, por lo que ya no cuestiona la autoridad de quien lo interroga. Junior los examina con minuciosidad. No hay nada sospechoso en el piso de Tom, o en el de arriba. Pero encuentra que en otro piso se registró la entrada de una empresa que vino a entregar una refrigeradora nueva y a llevarse la vieja.

—¿Alguien vio cómo se llevaron esto? —pregunta Junior señalando las notas de la carpeta.

—Sí —contesta el hombre—, se la llevaron en una caja grande.

Junior intuye que fue así como ingresaron el montacargas y sacaron a Tom. Ve el nombre de la empresa que realizó el trabajo: Cancerbero S.A. Le pregunta al guardia si corroboraron con el piso que recibió la refrigeradora que todo estuviera en orden.

—No fue necesario —responde el guardia—. Los propietarios de ese piso están de vacaciones, nos llamaron por teléfono el mismo día para indicarnos que los dejáramos pasar.

—Qué conveniente —dice Junior, más para sí mismo que por decirle algo al guardia.

Junior evalúa que no puede hacer mucho más allí, además, utilizando su identidad falsa, tampoco puede permanecer demasiado tiempo en un lugar. Se despide del guardia y llama por teléfono a Andrew para proporcionarle toda la información. Al menos tienen algo sobre qué investigar. Andrew le confirma que debe ir al búnker. Esta vez Ainara convocó a todo el equipo.

—Supongo que en la caja también entraron los dos hombres que encontramos arriba —comenta Peter—. Porque lo que vio Junior es que ingresaron dos y salieron dos. En la caja salió Tom, y los otros dos con el aparato se quedaron arriba; no sé cómo pensaban salir sin que nadie lo notara.

—De seguro tenían algún plan para eso también —digo pensativa—, estaban muy bien organizados. Incluso contaban con un francotirador por si algo salía mal.

—Yo pensé lo mismo —dice Junior—. Movieron una enorme logística, así que deben tener un presupuesto considerable.

Estamos sentados con Peter y mi perro en el sofá. Junior, Alain y Luna se encuentran en sillas frente a la mesa, mientras que Andrew está en su escritorio con los ordenadores. En una de las pantallas se puede ver a Freddy, que no llegó a tiempo para venir y participa desde videoconferencia.

—No hay nada sobre Cancerbero S.A. —dice Andrew—, así que debe ser un nombre falso.

—Lo imaginé —afirmo mientras acaricio a Bob—. Todo está muy bien armado, pero tenemos que averiguar quiénes eran esos tipos. Si tan solo Tom me hubiera dado más información…

—Tal vez sí lo hizo —me interrumpe Andrew, pero no sé a qué se refiere—. Pude hackear las cuentas de Tom y encontré algo interesante.

—¿De qué se trata? —pregunta Luna con curiosidad.

—Es un archivo de nombre AINARA —explica Andrew girándose para mirarme—. Creo que es un mensaje para ti.

Me pongo de pie y me acerco al monitor. Tal vez sí me dio esa información después de todo.

—Tom me había anticipado que estaba armando un informe para darnos —digo mientras me inclino frente a la pantalla para leer lo que dice.

—Es muy escueto —advierte Andrew.

—Dice —le cuento al resto del equipo— que los atentados que están por suceder son parte de la operación Zodiaco. Que hay seis mercenarios especialistas en distintas áreas que llevarán a cabo estos ataques con una intención desconocida; ellos se hacen llamar como los signos del zodiaco. El primer atentado ya se llevó a cabo contra la red eléctrica de Virginia, los siguientes serán al congresista, al vicepresidente, a una central hidroeléctrica y a...

Me doy vuelta y miro a los demás con preocupación.

—Allí termina el archivo —explico con el ceño fruncido—, creo que lo interrumpieron cuando lo estaba escribiendo.

—De acuerdo —dice Freddy desde la pantalla—. Pondré los recursos del FBI a buscar mercenarios que se hagan llamar con signos del zodiaco; no creo que haya muchos.

—Qué bien te sienta ser jefe —le dice Alain a Freddy con una sonrisa pícara.

—Jefe interino —lo corrige él—, todavía no se ha hecho efectivo mi cargo, podrían traer a alguien de otra sección para reemplazarme.

El agente Smith, el anterior jefe del FBI de Nueva York, fue ascendido a director, por lo que Freddy fue designado para ocupar su puesto hasta que se decida quién quedará. Esto no solo le da libertad de acción para utilizar los recursos del FBI, sino que también me trae a mí cierta tranquilidad. Sé que mientras él esté a cargo, nadie me perseguirá en esta ciudad. Es por eso que puedo salir a pasear a Bob por el Central Park sin preocuparme demasiado.

—Yo me encargaré de los atentados —dice Andrew con determinación—, revisaré las actividades del congresista y el vicepresidente para ver en qué momento podrían suceder estos posibles ataques.

—Tenemos que encontrar a esos mercenarios pronto —advierte Peter con urgencia—. A no ser que Tom estuviera envuelto en otra cosa, debemos suponer que esos mercenarios se lo llevaron.

—Yo puedo echar un vistazo —interviene Luna— a las noticias que ha dado Tom en estos días. Hay que estar seguros de que no se trate de otra cuestión. Si recapitulamos, hasta ahora tenemos solo dos incidentes ciertos. El primero es que Tom supo lo que sucedería en Virginia antes de que pasara, eso avala la teoría de la operación Zodiaco. Pero lo segundo, su secuestro, aún no sabemos si está relacionado con los atentados. Por eso intentaré descartar que no se trate de algo diferente. Un periodista de policiales debe tener más de un enemigo.

Luna tiene razón, no podemos descartar nada todavía. El secuestro de Tom puede tener otra causa. Si existe esa causa, Luna la encontrará.

—Yo haré un par de llamadas —agrega Alain con aire misterioso—, tal vez alguien sepa algo.

Asiento con la cabeza. El equipo se ha puesto en marcha. Se terminó el periodo de calma en el que habíamos entrado. Se metieron con un compañero nuestro y no lo dejaremos pasar. Quien haya sido, se topó con nosotros sin quererlo. Espero que lo hayan tomado como una desafortunada coincidencia, y que no sepan ni quiénes somos ni que los estamos buscando.

Si realizaron todo ese esfuerzo para sacar a Tom del edificio con vida, debo creer que aún lo está. Todavía podemos tomarlos por sorpresa. Cuanto antes lo encontremos, más probabilidades tenemos de salvarlo. Lo que sea que esté por suceder, estaremos preparados para enfrentarlo. Pero hay algo que no puedo quitarme de la cabeza... ¿Por qué Tom dejó ese mensaje con mi nombre? ¿Acaso hay algo más que debo saber?

4

EL VENENO ENTRE NOSOTROS

Búnker de Andrew, Nueva York
Sábado, 4 de diciembre, 1:40 p. m.

El eco de nuestros pasos aún vibra en el búnker cuando el móvil vibra en mi abrigo. Es Freddy. Apenas hace diez minutos que terminamos la videollamada.

—Hola, Ainara —dice Freddy—. ¿Siguen todos ahí?

—Sí —le respondo intrigada—. ¿Qué sucede?

—Ponme en altavoz —me pide Freddy y obedezco—. Esto ha sido más sencillo de lo que imaginaba. Apenas ingresé los nombres de cada signo en el sistema apareció un tal Escorpio.

—Bien —le digo entusiasmada, no siempre conseguimos pistas tan rápido—. ¿Qué sabes de él?

—Es un asesino especialista en venenos —explica Freddy con tono grave—. Su nombre es Nikolái Vetrov, trabajaba hasta hace cinco años para el SVR, el Servicio de Inteligencia Ruso, o sea, la vieja KGB. Desde entonces actúa como mercenario para quien le pague. Les envío una foto suya a todos.

—Un escorpión que inyecta veneno —acota Alain con ironía—, no podía ser de otra manera.

Tenemos al primer signo, y parece que el apodo está relacionado con sus habilidades. Si con todos los signos sucede lo mismo, es una línea de investigación que podríamos seguir.

—Fue reconocido y atrapado por Inmigraciones al entrar al país hace tres meses —prosigue Freddy.

—¡Ah! —exclama Peter, interrumpiéndolo, mientras nos llega la foto de Escorpio al móvil. Su rostro delata su procedencia rusa—. Entonces, está en prisión.

—Lo estaba —lo contradice Freddy con seriedad—. Como todavía se recopilaban pruebas para el juicio y no tenía ningún tipo de sentencia, no lo habían llevado a un sector de máxima seguridad. Esto permitió que, hace una semana, pudiera escapar del Centro de Detención Metropolitano de Brooklyn.

—Podría ser solo una coincidencia —especula Junior con cautela—, en el caso de Tom, no hubo ningún veneno que lo pueda relacionar.

—Es verdad —contesta Freddy—, pero no escapó solo. Aparte de que sus compañeros de celda huyeron con él, suponen que tuvo ayuda externa. El informe no es claro y no se pudo comprobar, pero podría haber participado del hecho un francotirador.

—¿Cómo que no se pudo comprobar? —pregunta Peter, incrédulo. Con su experiencia, sabe que no hay dudas cuando se trata de un francotirador.

—Repito —dice Freddy con paciencia—, no está claro en el informe, así que iré yo mismo a investigar.

—De acuerdo —digo, viendo la primera posibilidad de conexión—. Tenemos dos francotiradores en una semana y en la misma ciudad. Ya es demasiada coincidencia; debemos asumir que es el mismo y que trabaja junto con Escorpio. Hay que encontrar un francotirador conocido por el nombre de un signo del zodiaco.

—En cuanto terminemos nuestra charla, iré a la prisión para averiguar cómo logró huir —repite Freddy con determinación—. Necesitamos verificar que haya sido un francotirador para saber si estamos en el camino correcto. Después de todo, escaparse de la cárcel es un delito federal, es mi terreno.

CENTRO DE DETENCIÓN METROPOLITANO, Brooklyn, Nueva York

Sábado, 4 de diciembre, 4:30 p. m.

FREDDY TANAKA LLEGA a la prisión de Brooklyn. Deja el coche en el parking y camina con paso firme hasta la puerta. Uno de sus agentes había llamado antes para avisar de su llegada, así que deberían estarlo esperando. Se presenta ante el guardia de la entrada mostrando su placa. Lo hacen entrar y lo escoltan hasta la oficina del director de la penitenciaría. Luego de intercambiar un breve saludo, se sientan uno frente al otro. El director lo mira con desconfianza y cierta molestia.

—¿Por qué está el FBI interesado en este caso? —le pregunta el director con tono áspero.

Es un hombre de unos sesenta años, obeso, que se muestra contrariado por la intromisión del FBI en su territorio. Sin embargo, aunque no le guste, está obligado a colaborar.

—Un asesino internacional suelto en Nueva York siempre será de interés para el FBI —contesta Freddy como si fuera algo obvio, sosteniendo la mirada del director.

El hombre lo escruta con recelo y Tanaka comprende lo que está sucediendo.

—No vine aquí a investigar si hubo negligencia por parte de su gente —explica Freddy con sinceridad para que el hombre hable sin resquemores—. Sé que tiene dos guardias intoxicados y uno muerto, así que la seguridad de su cárcel es algo que tendrá que ver usted porque a mí no me compete. Más allá de eso, necesito saber cómo escapó, ya que puede estar implicado en otro caso que estoy investigando, por lo que agradeceré todo lo que me pueda decir.

—Bien —dice el hombre, poniéndose de pie con un suspiro resignado—. Tal vez usted nos pueda ayudar a entender lo que pasó. Porque nosotros no lo comprendemos. Sígame.

El director se ha dado cuenta de que Tanaka no es una amenaza y decide cooperar. Por otro lado, el hombre sabe que es bueno tener al jefe del FBI de amigo, nunca se sabe cuándo se puede necesitar una mano federal. Freddy advierte que no saben cómo pudieron huir, por eso no era claro el informe. Comprende que el director piensa que tal vez él pueda ayudar a esclarecerlo. Ambos salen de la oficina y, mientras avanzan por el corredor con pasos pesados, el director comienza a relatarle los hechos.

—La primera parte de su fuga la comprendemos —explica el director haciendo una mueca—. Nos tomaron por sorpresa sus habilidades. De alguna manera, consiguió insecticida y un par de químicos de limpieza. Fabricó un veneno casero y, cuando llegó la noche, se lo inoculó al guardia que hacía la ronda. Se lo sopló en el rostro con algún tipo de sorbete, quizás hizo un rollo de papel, no sabemos. Le quitó las llaves al guardia mientras este convulsionaba y salió de su celda junto con otros dos presidiarios. Al llegar a la puerta del pabellón, realizó el mismo procedimiento con el siguiente guardia. Una vez atravesado ese umbral, se dirigieron a la salida. Caminaron por este corredor que no se usa, ya que es una salida de emergencia en caso de incendios. Por eso, cuando se cruzaron con un guardia, lo tomaron por sorpresa y lo redujeron a golpes. Por último, llegaron justo aquí.

El director se detiene y señala con un gesto brusco el lugar por el que los reos salieron a la calle. Es una puerta secundaria, distinta a la que ingresó Freddy, una salida de emergencia que se abre con solo empujarla una vez que el guardia de turno utiliza una llave especial.

—¿Y qué sucedió entonces? —pregunta Tanaka examinando la escena con ojo experto.

—No lo sé —responde el director, alzándose de hombros y meneando la cabeza con impotencia—, dígamelo usted. Aquí había un guardia que murió de un disparo en la nuca. Según los forenses, se hizo a larga distancia. Pero explíqueme cómo.

Freddy vuelve a mirar el lugar con detenimiento. Hay un guardia sentado en su escritorio que los observa con atención. A sus espaldas está el corredor por el que llegaron y al frente se halla la puerta de salida, no hay ventanas ni tragaluz, nada. Recién entonces Freddy ve una rejilla de ventilación en la pared que da a la calle como a dos metros de altura. Camina hasta donde está el guardia con pasos lentos pero decididos.

—Permiso —le dice tomando el respaldo de la silla con firmeza.

El guardia se pone de pie de un salto y se hace a un lado. Freddy aferra la silla y la acerca a la pared, arrastrándola. Se para sobre ella con cuidado y estudia la rejilla de ventilación. Está sucia, excepto por uno de los orificios, que no tiene ningún tipo de polvo y se lo ve deformado, como empujado de afuera hacia adentro. Freddy mira a donde se encuentra el director y luego vuelve a observar la rejilla con aire pensativo. Se acerca para mirar por el orificio y ve que hay un edificio justo cruzando la calle. Retrocede, baja de la silla de un salto y camina sin dejar de mirar la rejilla hasta casi el centro de la sala. Se da vuelta de forma brusca y mira al director.

—El guardia estaba parado aquí cuando murió —afirma Freddy con seguridad—. ¿Verdad?

—Sí —responde el director sin saber cómo lo dedujo, abriendo los ojos con asombro.

—El guardia vio llegar a los reos —explica Freddy, recreando la escena en su mente—, sacó su arma y se paró justo aquí para interponerse entre ellos y la salida.

Fue entonces cuando recibió el disparo certero en la nuca.

El director mira boquiabierto a Freddy y luego dirige su vista hacia la rejilla.

—¿Está diciendo que le atinaron un disparo a través de ese minúsculo orificio? —pregunta el director con una mezcla de asombro y horror.

—Es la única forma —responde Freddy con gravedad y gira para mirar de nuevo la rejilla—. Estamos tratando con un francotirador muy especial... un auténtico artista de la muerte.

El director traga saliva, su rostro pálido refleja la misma inquietud que siente Freddy en su interior. Si este francotirador está involucrado con el caso de Tom, las cosas acaban de complicarse mucho más de lo que imaginaban. Freddy saca su teléfono para llamar a Ainara, pero antes de que pueda marcar, la pantalla se ilumina con una llamada entrante. Es Andrew, y por su tono de voz, Freddy sabe que no son buenas noticias...

5

TIRO IMPOSIBLE

Búnker de Andrew, Nueva York
Sábado, 4 de diciembre, 8:10 p. m.

El ambiente en el búnker está cargado. Bob descansa su cabeza sobre las piernas de Freddy mientras las palabras "tiro imposible" flotan aún en el aire.

—Nunca vi un disparo así —afirma mientras acaricia a mi bestia negra, que tiene la cabeza sobre sus piernas en el sillón—. Le disparó desde un edificio a al menos ochenta metros. Ya mandé revisar el lugar, pero dudo que encontremos algo. No será difícil saber quién es, no hay mucha gente que pueda hacer eso.

—Lo tengo —dice Alain desde el otro extremo de la sala con el móvil en la mano—. Uno de mis contactos escuchó el rumor de que proveyeron hace quince días de un rifle y municiones a un personaje desconocido, alguien de acento griego.

—Bien —dice Peter con satisfacción—, eso es bastante específico. Debemos encontrar a un francotirador griego.

—Mientras venía, revisé los registros del FBI sobre francotiradores. No encontré nada de un griego —aclara Freddy frunciendo el ceño.

—Claro que no —afirma Andrew, que tipea en su ordenador a una velocidad increíble—. No está en los archivos del FBI porque, en teoría, nunca ha estado en este país. Seguro que aparece en los archivos de la CIA, porque en Grecia es muy conocido por la Policía. Hace años que los vuelve locos, y dicen que comete asesinatos imposibles. Adivinen cómo se hace llamar.

Nos quedamos mirando a Andrew, nadie tiene idea de cómo se llama.

—Se hace llamar Sagitario —revela cuando ve que seguimos en silencio.

—Por supuesto —dice Luna, iluminándose—. Sagitario es el arquero que siempre acierta a su blanco. De hecho, en la constelación de Sagitario, la flecha apunta al corazón de Escorpio.

—En esta ocasión —interviene Peter con ironía—, en lugar de dispararle al escorpión, lo está ayudando.

—Sea como sea —digo con determinación—, si ese griego entró al país, tenemos a nuestro segundo signo. Esto ya no es casualidad, Tom estaba en lo cierto y la operación Zodiaco es real. Nos falta descubrir a los cuatro signos restantes.

—Entonces —reflexiona Luna—, si Tom estaba en lo cierto y la operación Zodiaco es real, se comprende que lo hayan secuestrado. De haberlo asesinado, como es claro que pudieron hacer, habrían llamado mucho la atención. Un periodista muerto es mucho más peligroso que uno que no aparece. La intervención de Peter y Ainara alteraron un poco los planes de estos mercenarios de no llamar la atención, pero supongo que no los han cambiado. Si no hubieran aparecido ustedes, nadie se hubiera enterado.

Es verdad lo que dice Luna, si no hubiéramos ido a buscar a Tom, nadie sabría nada, hubieran pasado días antes de que interviniera la Policía.

—Creo que hay un punto que no hemos investigado hasta el momento —continúa Luna, pensativa—. ¿Cómo supieron los mercenarios que Tom hablaría de ellos esa misma noche?

Todos nos miramos desconcertados. Ninguno tiene respuesta a la pregunta de Luna. Entonces, a mí se me ocurre algo.

—No sé mucho de televisión —digo con lentitud—, pero es de suponer que la producción del programa debería estar al tanto de los temas que van a tratar.

—Exacto —afirma Luna, chasqueando los dedos—. Deberíamos investigar a quién se lo contó Tom de la producción, ese podría ser quien lo delató. Además, antes les dije que iba a investigar otros casos de Tom. Bueno, no encontré nada que amerite tanto despliegue. Ya no tengo dudas de que los responsables son los mismos de la operación Zodiaco.

—Escuchen —interrumpe Andrew con urgencia—. Investigué las actividades del congresista y el vicepresidente. En este momento, el congresista está en una gala de ballet que acaba de empezar en el Metropolitan

Opera House, aquí mismo en Manhattan. Luego realizará un brindis en la sala del mismo lugar para anunciar inversiones en cultura. Si se apuran, pueden ir para allá y echar un vistazo. Yo me encargo de ponerlos en la lista de invitados. Peter y Ainara serán el señor y la señora Hart, el resto puede vigilar desde afuera.

—No podemos ir con esta ropa —le digo a Andrew, señalando mi sudadera y mis *jeans*.

—No te preocupes —dice Andrew, poniéndose de pie, con una sonrisa pícara.

Camina hasta un clóset, lo abre y saca un traje para Peter y un vestido para mí.

—Se quedaron aquí desde aquel caso en la embajada hace un mes —explica—. No creo que tengas problema en repetir tu outfit.

Metropolitan Opera House, Nueva York
Sábado, 4 de diciembre, 9:10 p. m.

Nos cambiamos de ropa a las apuradas y llegamos enseguida al Metropolitan Opera House. La gala ya ha empezado, así que debemos ir a la sala donde se realiza el evento. Estoy muerta de frío, Andrew tenía mi vestido, pero no un abrigo. Al llegar a la entrada, la gente de seguridad, con una tablet en la mano, nos saluda de modo cordial. Voy tomada del brazo de Peter; un escalofrío me recorre el cuerpo.

—Señor y señora Hart —nos anuncia Peter con voz firme.

El muchacho revisa el listado y nos encuentra.

—¿Jonathan y Jennifer Hart? —pregunta alzando una ceja.

—Sí —contesta Peter sin titubear.

—Adelante, por favor —nos invita a pasar el guardia y entramos sin problemas.

Una vez que atravesamos las grandes puertas, la temperatura es más agradable. Siento que mi cuerpo se relaja.

—¿Crees que lo hace a propósito para ponerme nervioso? —me pregunta Peter en voz baja.

—¿Quién? —pregunto sin comprender—. ¿Qué cosa?

—Andrew —me responde con un suspiro—. Nos pone nombres de series de los 70, algún día nos van a descubrir.

—Déjate de tonterías —le digo, restándole importancia, si yo no sé de qué serie habla, menos el muchacho que nos recibió—. Concéntrate en lo que vinimos a hacer.

—¿Y qué vinimos a hacer? —pregunta Peter cargado de ironía—. Si Sagitario quiere dispararle al congresista, no lo hará desde aquí adentro. Debería estar fuera. Estos gigantescos ventanales no son ningún obstáculo para él.

—No creo que sea el francotirador al que estamos buscando —explico mientras observo el lugar con atención—, hay demasiada gente y, por lo que —dijo Andrew, el congresista no hablará desde ninguna tarima. Debe ser alguno de los otros mercenarios.

—De los cuales no sabemos nada —protesta Peter mientras avanzamos hacia donde se encuentra la mayor concentración de gente.

Ya logramos ver al congresista McArthur en el medio del tumulto. Se encuentra rodeado por la élite de Nueva York, además, es difícil que uno de los mercenarios se pueda acercar a él sin que sus guardaespaldas lo noten. Los camareros circulan con copas de champaña para todos. Uno pasa cerca nuestro y Peter agarra una copa.

—¿Quieres? —me la ofrece y lo miro con seriedad—. Lo siento.

Él sabe de los problemas que tuve con el alcohol. Si bien hace años que lo he superado, prefiero evitarlo. Él va a beber de su copa cuando lo detengo, aferrándolo del brazo.

—Espera —le digo con urgencia.

Estoy viendo que el congresista y la gente que lo acompaña acaban de tomar también sus copas, pero el camarero que se las entregó me resulta conocido. Es el ruso.

—Es Escorpio —le digo a Peter, dejando que mi mano lo indique casi sin moverse—. Ve tras él, yo voy por el congresista.

Empiezo a caminar rápido hacia allí, empujando a la gente. Quiero impedir que McArthur beba, pero veo que luego de brindar se lleva la copa a la boca. Sigo avanzando, abriéndome paso a codazos, tal vez solo un poco no sea tan grave. No tengo dudas de que esa bebida está envenenada. De pronto, se me interpone un enorme hombre de seguridad.

—¿Sucede algo? —me pregunta sin dejarme pasar, mirándome con desconfianza.

—El congresista no debe tomar el champán —le digo jadeando—, puede estar envenenado.

—¿De qué habla, señora? —pregunta el hombre y advierto que no sabe si creerme o no. Habla por el intercomunicador que lleva en su oído con voz tensa—. Tengo una situación aquí.

Veo por sobre su hombro que el congresista comienza a toser con fuerza, la gente a su alrededor hace lo mismo. Algunos se llevan las manos al cuello.

—Ya es tarde —le digo con impotencia—, mejor llame a una ambulancia.

El hombre se da vuelta para ver qué está sucediendo cuando aquella gente comienza a convulsionar. Ya no puedo hacer nada allí, así que me escabullo hacia un costado y corro en la dirección que fue Peter. Lo veo salir por un corredor lateral y lo sigo. La gente está conmocionada y se escuchan gritos de pánico. Debo empujar a quien se me atraviesa para alcanzar a Peter.

Llego al corredor y lo veo irse por una puerta más adelante. ¡Maldición! No quiero perderlo. Me quito los zapatos de taco alto y corro descalza lo más rápido que puedo, sintiendo el frío del suelo en mis pies. Estoy por llegar a donde fue Peter y escucho gritos y disparos. Saco una pequeña pistola que traía en una liga en la pierna y entro con cautela. Es la cocina.

Un disparo da en la pared cerca de mí. Me arrojo detrás de una barra metálica. El corazón me late con fuerza. La piel, pegajosa de sudor. Cada músculo listo para reaccionar.

Me asomo y veo a Peter al otro lado del lugar, parapetado tras una columna. Enfrente tenemos a cuatro camareros armados. Peter me ve, tiene su pistola también en la mano y me hace una seña con la cabeza. Le respondo asintiendo y los dos al mismo tiempo salimos disparando. Los falsos camareros no tienen oportunidad, no están a resguardo y los derribamos en tres segundos. Creo que a uno de ellos le dimos los dos. Ninguno se mueve, así que corremos hacia la salida, que está al otro extremo de la cocina, saltando por encima de los cuerpos. Peter saca su móvil y le manda un audio a Andrew.

—Estamos persiguiendo a Escorpio por alguna salida lateral, avísale al equipo.

Salimos a un corredor largo. Un hombre con ropa de mantenimiento nos ve venir y se hace a un lado con expresión aterrada. Giramos en el codo del corredor y vemos una salida. Llegamos, y apenas estamos en la calle, vemos que un camión del servicio de catering dobla en la esquina y desaparece de nuestra vista. Nos detenemos, jadeando. Peter le vuelve a mandar un audio a Andrew, preguntándole por qué calle se fue el vehículo. Comenzamos a caminar hacia la esquina y vemos llegar a Junior y Alain corriendo. Ambos niegan con la cabeza. Se nos ha escapado. El guardia con el que hablé debe venir detrás nuestro. Ahora tenemos que recoger a Luna, que se encuentra en otra calle, y desaparecer nosotros también.

Nos reunimos con Luna y entramos al coche de inmediato. Mientras Alain conduce, llamo a Freddy.

—Freddy, el congresista y varias personas más fueron envenenadas por Escorpio. Necesitan atención médica urgente. Nosotros lo perseguimos, pero se nos escapó en un camión de servicio de catering.

—Entendido. Enviaré ayuda de inmediato y pondré una alerta para localizar ese camión —dice Freddy con tono grave—. Regresen al búnker, los veré allí.

Cuelgo y suspiro con frustración. Casi lo teníamos. Miro por la ventanilla las luces de la ciudad, preguntándome cuál será el próximo movimiento de los mercenarios. De pronto, una idea me golpea.

—Luna, ¿crees que puedas averiguar si Escorpio tuvo contacto con alguien de la producción del programa de Tom? Tal vez así descubramos al soplón.

—Buena idea —dice Luna, asintiendo—. Me pondré en ello de inmediato.

—Andrew —dice Peter por el intercomunicador—, revisa las cámaras de tránsito, a ver si captan hacia dónde se dirige ese camión.

—En eso estoy —responde Andrew—. Les aviso si encuentro algo.

Alain aprieta el acelerador. Necesitamos reagruparnos y planear nuestro siguiente paso. Dos signos del zodiaco ya nos han atacado. El tiempo se nos agota. Debemos encontrar a Tom y detener esta operación antes de que sea demasiado tarde. Pero una inquietante pregunta ronda mi mente... ¿Quién está detrás de todo esto y cuál es su verdadero objetivo?

6

EL CAZADOR DE ÁFRICA

Búnker de Andrew, Nueva York
Domingo, 5 de diciembre, 10:30 p. m.

Las noticias de la mañana martillan sin piedad: el congresista McArthur ha muerto. Peter no lo dice, pero lo veo en sus ojos: está furioso.

Estuvimos muy cerca de atrapar a Escorpio y se nos escapó, no contábamos con que tuviera un equipo de respaldo. No son solo los seis mercenarios, ellos son los líderes, tienen más gente trabajando para ellos. Ya lo habíamos visto con el secuestro de Tom, están muy bien organizados. Tal vez podríamos investigar de dónde sale el dinero que está apoyando a la operación Zodiaco.

—Estuvimos muy cerca —dice Peter como si me hubiera leído la mente, pero creo que tal vez todos estamos pensando lo mismo.

—Estar cerca no es suficiente —afirmo enojada, apretando los puños—, debemos adelantarnos.

—¿Cómo podemos hacer algo así? —pregunta Alain con frustración—. No sabemos nada del resto de los signos y nadie conoce el rostro de Sagitario.

—Pero sabemos cuáles serán sus objetivos —digo con determinación—, acertamos con el congresista. No están ejecutando un plan a largo plazo, lo que quieran hacer, lo harán en cuanto tengan una oportunidad.

—Si es así —dice Andrew con gravedad—, mañana tendrán una oportunidad.

—¿A qué te refieres? —pregunto intrigada.

—Mañana por la tarde dará un discurso el vicepresidente —explica Andrew—. Lo hará en una plaza de Filadelfia.

—Ideal para un francotirador —dice Alain con preocupación.

—Estamos a dos horas de allí —acota Peter—. Podemos ir y revisar.

—Será como encontrar una aguja en un pajar —protesta Junior con escepticismo.

—Tal vez no —dice Alain, que sigue hablando con sus contactos del bajo mundo—. Creo que acabo de matar dos pájaros de un tiro. Encontré al tercer signo del zodiaco y algo que nos ayudará a ubicar a Sagitario.

—Explícate de una vez, Alain —pide Junior impaciente. Es como un juego entre ellos en el que Alain se hace el misterioso y Junior se lo reprocha.

—Como acertamos con lo del rifle para el griego —explica Alain con una sonrisa astuta—, pedí que me avisen sobre cualquier cosa relacionada con ese tipo de armas. Me acaban de informar que ayer mismo por la mañana entró al país un contrabandista que trafica armas de los países de Europa del Este hacia África.

—¿Y qué hace ese hombre aquí? —pregunta Junior frunciendo el ceño.

—Parece ser que, entre otras cosas —prosigue Alain—, trajo un rifle especial de precisión con un alcance de doscientos metros.

—Creo que comprendo lo que dices, Alain —interviene por primera vez Luna—. Si suponemos que ese rifle es para Sagitario, y por lo que hemos visto, se especializa en disparos imposibles, utilizará esa arma a su máximo alcance. Debemos buscar cuáles son los puntos desde donde pueda disparar en un perímetro de doscientos metros alrededor de la plaza.

Alain se la queda mirando como si estuviera sorprendido.

—Sí —dice dudando—. En realidad, pensaba que podíamos buscar ese rifle, pero lo que tú dices, puede ser también.

—De acuerdo —respondo con firmeza—, si es lo único que tenemos, buscaremos siguiendo esa pista. Sin embargo, aún no has dicho nada, Alain, del tercer mercenario.

—¡Oh, sí! —continúa Alain—, lo siento. A este contrabandista le gusta hacer excursiones de caza ilegal en África; es conocido como el León. O sea, es nuestro Leo.

Tal vez Alain haya dado con el tercer signo, necesitamos verificarlo de alguna manera. Por ahora son solo suposiciones. Si pudiéramos encontrar cualquier cosa que lo vincule de forma concluyente a los otros dos signos, tendríamos algo.

—¿No te han dicho tus contactos cómo encontrarlo? —pregunto con urgencia.

—No —responde Alain con pesar—. Mi contacto trabaja en el puerto, haciendo entrar cosas ilegales al país, pero no sabe a dónde va a parar esa mercancía.

Suena mi teléfono y atiendo, es Freddy.

—Hola, Ainara —dice Freddy con tono serio—. Aparte del congresista, murieron tres personas más, y hay otras dos que están internadas de gravedad. Gracias a que le dijiste al guardia que se trataba de veneno, Toxicología actuó de inmediato e identificaron en la sangre, junto con el alcohol ingerido, una sustancia desconocida. Esto sucedió anoche apenas fueron todos internados. Recién esta mañana pudieron identificar qué veneno era a través de un especialista. Se trata del veneno de una araña africana que es letal. Costó descubrirlo porque nunca antes se había visto algo así en Estados Unidos. Hubo que chequear con información de Interpol y centros de ciencia europeos.

—O sea que el veneno vino de África —digo como para confirmar lo que estaba escuchando, sintiendo un escalofrío.

—Es lo más probable —responde Freddy—. No te puedo decir cómo llegó al país, pero que se obtuvo en África, de eso no hay dudas.

—No te preocupes, Freddy —le digo con confianza—. Nosotros sabemos cómo entró al país. Es el dato que necesitaba. Conocemos al tercer signo del zodiaco, Leo, un contrabandista que lleva y trae mercancía de África y

Europa del Este. Averigua lo que puedas sobre él, no tenemos ni su verdadero nombre ni su rostro. Pero ahora sabemos que proveyó el veneno para Escorpio, y nos acabamos de enterar de que le trajo un rifle muy especial a Sagitario.

—Perfecto, Ainara —responde Freddy con determinación—. Me encargaré de eso.

Miro al resto del equipo.

—Ya me escucharon —les digo con firmeza—, estamos en el camino correcto.

—Debo decir —interviene Junior con frustración— que no he tenido suerte con la producción del programa de Tom. Nadie supo nada de él ese día, de repente no apareció, lo llamaron, no —contestó y debieron poner un suplente. Lo siento.

—Si en el programa de Tom hay un soplón —dice Luna pensativa—, no creo que haya contado que habló con él. Andrew, ¿puedes revisar las llamadas de Tom de ese día?

—Por supuesto —responde Andrew con seguridad—, pero antes quiero contarles que encontré otra cosa. En la gala de anoche, tuvieron un problema con el servicio de catering que utilizan siempre y debieron contratar a otro de urgencia.

—Bien —dice Peter con entusiasmo—, iremos tras ese otro catering. ¿Qué sabes de ellos?

—Nada —responde Andrew con frustración—, no hay ninguna información en el sistema del Metropolitan Opera House que diga a quién contrataron.

—¿Cómo puede ser eso posible? —pregunto incrédula.

—Porque no soy el único hacker que ha entrado en su sistema —responde Andrew con gravedad—. Seguro los hackearon para que llamen al servicio falso y luego lo volvieron a hackear para borrar toda la información. Tal vez haya algún papel firmado o alguna grabación del camión que nos dé algo, pero apuesto a que el cuarto signo es un hacker, el mismo que atacó la red eléctrica de Virginia hace poco. Tengo que descubrirlo, es una cuestión de honor.

Asiento con la cabeza, comprendiendo la determinación de Andrew. Tenemos piezas sueltas del rompecabezas, pero aún nos falta unirlas para ver el panorama completo. El vicepresidente puede ser el próximo objetivo. Debemos movernos rápido.

Me pongo de pie y miro a mi equipo.

—Mañana iremos a Filadelfia. Andrew, tú y Luna busquen todo lo que puedan sobre Leo y el hackeo al Metropolitan. Alain, Junior y Peter, ustedes vendrán conmigo a vigilar el perímetro alrededor de la plaza. Sagitario podría estar en cualquier parte, tenemos que encontrarlo antes de que sea demasiado tarde.

Todos asienten, listos para la acción. Mientras nos preparamos para partir, no puedo evitar pensar en Tom. ¿Dónde estará? ¿Seguirá con vida? Aprieto los puños, jurando encontrarlo.

7

VENENO ENTRE COPAS

Metropolitan Opera House, Nueva York
Domingo, 5 de diciembre, 2:30 p. m.

Entre columnas de mármol y susurros elegantes, Junior cruza el vestíbulo del Metropolitan con el ceño fruncido y un solo objetivo en mente: rastrear el origen del veneno. Se dirige directo a Informes. Se presenta de nuevo como asistente del fiscal, le está gustando usar esa identidad falsa. Pide hablar con el encargado de contrataciones por el incidente de la noche anterior. La señorita que lo atendió realiza una llamada y, cuando termina, le pide a una colega que lo acompañe. Junior va con la mujer hasta un corredor y llega a una pequeña sala con dos sillones elegantes.

—Aguarde aquí, por favor —le dice la mujer con amabilidad y Junior se sienta en uno de los sillones, admirando la decoración refinada.

Espera dos minutos hasta que un hombre de traje impecable y lentes de montura fina abre una puerta.

—Pase, por favor, señor Petrocelli —dice con voz grave.

Junior se pone de pie y va hacia él con paso seguro.

—Muchas gracias por atenderme —dice Junior al entrar a la oficina, estrechando la mano del hombre.

—Mi nombre es Joseph Mizraji —explica el hombre —, soy el encargado de las contrataciones. ¿En qué lo puedo ayudar?

Ambos se sientan frente a frente, escritorio de por medio, mirándose con seriedad.

—En concreto, necesitamos saber sobre el servicio de catering —explica Junior yendo al grano—. Según la policía, los camareros envenenaron el champán y participaron de un tiroteo con desconocidos.

—Exacto —responde el encargado de contrataciones, frunciendo el ceño—, eso es lo que —dijo la policía. La realidad es que fue todo muy extraño.

—¿A qué se refiere? —pregunta Junior intrigado, inclinándose hacia adelante.

—Fue todo muy rápido —explica el hombre de lentes, gesticulando con las manos—. Media hora antes del evento, me llamaron de la empresa que trabaja siempre con nosotros para avisarme que no podían venir. Llamé a la segunda empresa de mi lista y no me respondieron. Comencé a preocuparme, y apareció en los registros una empresa que no recordaba haber contratado nunca, los llamé y vinieron de inmediato. Pensé que era una especie de milagro, pero ya me di cuenta de que no lo fue. Ahora entiendo que, de algún modo, fue una especie de trampa. Llegó esta gente de la nada, hizo un desastre y desaparecieron, solo dejaron gente muerta a su paso. Todos los datos de ellos que tenía en el sistema, de repente ya no están. Fue muy extraño.

—¿No quedó ningún papel firmado, ni nada? —pregunta Junior, tratando de ocultar su decepción.

—Nada —responde el encargado con frustración—, ahora todo se maneja de manera digital para cuidar el medioambiente.

—Y usted —dice Junior, esperanzado—. ¿No recuerda ningún dato de esa empresa?

—Recuerdo que tenía un nombre extraño —contesta el señor Mizraji, entrecerrando los ojos mientras hace memoria—, era un nombre de la mitología griega. ¿Es el perro de tres cabezas que custodia el Hades? ¿Usted sabe algo de mitología?

Junior se queda pensando un instante, tratando de recordar sus clases de historia, cuando de repente una idea le viene a la cabeza como un rayo.

—¿Puede ser Cancerbero? —arriesga Junior con el corazón acelerado. No porque supiera que así se llama el ser mitológico, sino porque recordó el nombre de la empresa falsa que estuvo en el edificio de Tom.

—Sí, eso es —responde el hombre con asombro—. Cancerbero S. A.

Queens, Nueva York

Domingo, 5 de diciembre, 2:50 p. m.

Andrew no tardó en revisar el registro de llamadas de

Tom. Lo comparó con el listado de productores del noticiero y encontró una coincidencia inquietante: Adam Berkley. Es uno de los productores principales del programa y mantuvo una conversación de siete minutos ese mismo mediodía, poco después de haber hablado conmigo. Este Adam, como el resto de su equipo, dijeron que no habían sabido de Tom ese día.

Está claro que mintió, así que hay grandes posibilidades de que sea el soplón que estamos buscando. Por ser domingo, hoy no ha trabajado en el canal. Andrew quiso hablarle por teléfono para arreglar una reunión, pero el hombre nunca respondió. Por eso vinimos con Peter a buscarlo a su casa, en Queens. No sabemos si se encuentra aquí, y si no está, revisaremos el lugar; tal vez tengamos suerte.

Llegamos a la dirección que nos dio Andrew y estacionamos justo en la puerta, no hay motivo para escondernos. Bajamos del coche, nos acercamos al portón y tocamos el timbre. No parece ser una casa muy grande, pero está cubierta por un paredón de dos metros de alto, por lo que no vemos lo que sucede adentro. Esperamos unos segundos y volvemos a tocar. Nadie responde.

—Hazme pie —le digo a Peter con determinación.

Él entrelaza los dedos de las manos, formando un escalón. Piso con mi pie derecho sobre ellas y, empujándome hacia arriba con un impulso, casi vuelo por encima del paredón. Al caer del otro lado con agilidad, echo un vistazo rápido y no observo nada raro. Entonces, busco al costado de la puerta de metal y encuentro un interruptor. Lo acciono y el portón se comienza a deslizar hacia un costado con un suave zumbido. Apenas se corre lo suficiente, Peter entra ágilmente y vuelvo a accionar el interruptor en sentido contrario. La puerta se cierra con un clic y ya estamos dentro o, al menos, en el patio, pero fuera de la vista de curiosos.

Vamos hasta la puerta interna con cautela y comprobamos que está cerrada con llave.

—Tal vez por atrás —susurra Peter, señalando con la cabeza.

Rodeamos la casa por un costado, pegados a la pared, hasta llegar al parque del fondo. Nos arrimamos a los ventanales de vidrio, son corredizos. No necesito hacer mucha fuerza, el ventanal se abre con facilidad, como si nos estuviera invitando a entrar. Lo miro a Peter con desconfianza y él se alza de hombros. Saca su ametralladora en un fluido movimiento y yo mi Magnum. Entramos con los sentidos alertas. No hay ruidos ni luces prendidas, la casa está sumida en un silencio inquietante.

—Creo que esto es innecesario —afirma Peter guardando su arma; yo hago lo mismo, pero mantengo la mano cerca, por si acaso.

Empezamos a revisar el lugar a fondo. Buscamos algún documento, o cualquier elemento que pueda indicarnos una conexión entre Berkley y la operación Zodiaco. Estamos en la sala, mirando cada rincón. Veo sobre la mesa un móvil. Me acerco con cautela y lo agarro, lo guardo en un bolsillo de mi chaqueta, Andrew se encargará de revisarlo.

—¿Quién sale sin su móvil? —pregunta Peter con suspicacia.

—Tal vez tiene dos —respondo pensativa—, este puede ser del trabajo.

—Busquemos una oficina, estudio o algo así —sugiere Peter, mirando alrededor—, si tiene algún documento que lo comprometa, no creo que lo deje en la sala, pudo haberlo escondido allí.

Entramos en un corredor con varias puertas. Yo ingreso en lo que parece la oficina, con el corazón latiendo con fuerza, y Peter sigue hacia la habitación. Estoy por revisar el escritorio, pero escucho a Peter llamarme con urgencia.

—Ainara, ven por favor.

Dejo lo que estoy haciendo y voy hacia el otro cuarto con rapidez. Al entrar, veo por qué me llamó Peter. Sobre la cama, con un tiro certero en la frente, se encuentra Adam Berkley. Su rostro está congelado en una expresión de sorpresa, con los ojos abiertos mirando al vacío.

—Creo que era el soplón —dice Peter con gravedad—, pero prefirieron no dejar cabos sueltos.

—Creo que tenemos que ver con eso —le digo, sintiendo un escalofrío—, desde que entramos en escena, hemos estado siempre pisándoles los talones. Se han dado cuenta de que los estamos siguiendo, por eso deben haber acabado con Berkley.

—Aún no han venido por nosotros —reflexiona Peter, mirando por la ventana con cautela—, tal vez no saben quiénes somos.

—¿Recuerdas a la pareja en el piso de arriba de Tom? —le pregunto cuando me viene la imagen a la cabeza, provocándome náuseas.

—Sí —responde Peter a la vez que su mirada se ensombrece—. Los ejecutaron del mismo modo.

—¿Crees que encontraremos algo? —le pregunto, aunque ya sé la respuesta.

—No —me contesta con seguridad—. No creo que esta gente deje cosas al azar. Mejor salgamos de aquí. Avisemos de esto a Freddy, que él se encargue.

Asiento con la cabeza y nos dirigimos hacia la salida con prisa, dejando atrás la escena macabra. Mientras caminamos, no puedo evitar sentir que el peligro se cierne sobre nosotros como una nube oscura. Estos mercenarios son despiadados y eficientes, no dudarán en eliminar a cualquiera que se interponga en su camino. Debemos ser más rápidos, más inteligentes, si queremos detenerlos antes de que sea demasiado tarde.

Al salir de la casa, le envío un mensaje encriptado a Freddy, informándole de la situación. Luego, Peter y yo nos subimos al coche y arrancamos a toda velocidad.

Nuestro próximo destino es Filadelfia, donde el vicepresidente dará su discurso. Allí, estaremos listos para enfrentar a Sagitario y a quienquiera que se nos cruce. No dejaremos que se salgan con la suya, no importa lo que cueste. La operación Zodiaco debe ser detenida y nosotros seremos los encargados de que así sea. Mientras el coche se pierde en el tráfico, no puedo evitar preguntarme qué más nos espera. Pero sea lo que sea, estamos listos para enfrentarlo.

8

LA FLECHA INVISIBLE

Independence Hall, Filadelfia
Lunes, 6 de diciembre, 3:15 p. m.

Un sol débil baña el Independence Hall mientras avanzamos entre la multitud. Nada parece tenso, pero algo vibra bajo la superficie. Aparcamos a diez minutos.

En el parque, frente al edificio histórico, se encuentra el estrado desde el que el vicepresidente dará su discurso. Está lleno de gente y hay muchísima seguridad en los alrededores, tanto policial como de agentes vestidos de civiles. Hemos venido desde Nueva York los cinco: Alain, Junior, Peter, Luna y yo. Hay varios edificios a los costados del parque desde donde Sagitario podría hacer su tiro maestro. Estamos seguros de que será hoy, porque no hay en la agenda del vicepresidente otra oportunidad como esta. Por eso es que debemos aguzar sentidos e ingenio, la vida del vicepresidente depende de nosotros.

Al no haber ninguna amenaza ni sospecha de atentado, la vigilancia es la normal, no está reforzada como amerita el caso. Está todo en nuestras manos.

—Podría ser en cualquiera de esos edificios —dice Luna mirando hacia los costados con ojo crítico—, están a menos de doscientos metros, pero aun así sería un disparo difícil, ya que el ángulo de tiro es muy cerrado; sin embargo, cumpliría con el perfil de Sagitario de cometer crímenes complejos.

—Pero no habíamos hablado de tiros difíciles —la corrijo pensativa, frunciendo el ceño—, habíamos hablado de tiros imposibles.

Luego de decir eso, el equipo me mira sin comprender la diferencia entre una cosa y otra. Entonces, me doy vuelta y observo que, justo enfrente del parque, tras unos edificios bajos, están construyendo uno alto, como de veinte pisos, que se eleva imponente en el horizonte.

—Pero aquel edificio está como a más de doscientos cincuenta metros —interviene Alain como desechando esa posibilidad, alzando una ceja, escéptico—, es más que el alcance del arma.

—¿Dirías que es imposible? —le pregunto sonriendo con astucia.

—Sí… —contesta Alain dudando, hasta que la comprensión ilumina su rostro—. Tienes razón, sería un tiro imposible, justo la especialidad de Sagitario.

—Puede ser —dice Junior mientras mira a su alrededor con cautela—, pero debemos cubrir todos los puntos posibles, no podemos jugarnos por uno solo. Tal vez debamos dividirnos.

—Estoy de acuerdo —contesto a la vez que analizo la situación con rapidez—. Junior y Luna, vayan a los edificios de la derecha; Alain, a los de la izquierda; y, Peter, conmigo, al tiro imposible. Cualquier cosa que vean sospechosa, le avisan a Andrew. ¿Escuchaste, Andrew?

—Sí, Ainara. —Oigo a Andrew por el auricular que llevo en mi oído izquierdo, su voz es clara y nítida—. Te escucho fuerte y claro.

—Tú coordinarás desde allí —le digo con firmeza—. Cuando alguien descubra algo, le avisarás al resto y acudiremos enseguida.

Nos separamos y vamos cada uno a nuestro objetivo con resolución. Como ya lo había pensado, no podemos avisarle a la Policía de esto. Ni siquiera Freddy puede hacer nada desde el FBI; no tenemos ninguna prueba, solo una lista tomada de manera ilegal de una persona desaparecida. Nadie nos tomaría en serio, como siempre en estos casos, debemos hacerlo nosotros sin ayuda.

—¿Crees que está allí, verdad? —me pregunta Peter cuando estamos solos, mirándome de reojo.

—No tengo dudas —le contesto con certeza absoluta —. El alcance de un rifle se mide a su máxima potencia. Luego de esa distancia, el proyectil empieza a declinar, pero sigue teniendo la suficiente fuerza para matar a alguien si da en el lugar preciso.

—Si el asesino puede calcular el ángulo de declinación —prosigue Peter, que ha entendido mi punto, con un leve asentimiento—, sería capaz de acertar a un blanco apuntando a una distancia precisa por encima de él.

—Exacto —le confirmo con satisfacción—. Estamos

hablando de Sagitario, y esto es como lanzar una flecha, no se hace en línea recta. A cuanto mayor distancia, más hacia arriba hay que lanzarla para que caiga sobre el blanco.

Es un concepto básico que en los rifles de precisión ya está incluido en su mira. Depende la distancia, la mira telescópica corrige de forma automática el ángulo de declinación, que es mínimo. En este caso, que la distancia es mayor, el ángulo lo calculará el francotirador basándose en su experiencia. Solo uno de los mejores podría hacer algo así, y Sagitario entra en esa categoría. Si acierta, se consagrará como el mejor asesino del mundo, lo que hará que sus honorarios lleguen a las nubes. Es justo lo que buscan este tipo de mercenarios, que cada vez les paguen mejor.

Salimos del parque y rodeamos los edificios de enfrente para llegar a la esquina. Ni siquiera me preocupo por esas construcciones bajas. No solo sería un tiro más fácil, sino que la policía llegaría muy rápido y Sagitario no tendría tiempo para escapar. Al dar la vuelta, avanzamos hacia el edificio en construcción con cautela. A medida que nos acercamos, vemos que hay dos hombres en la puerta. Como no tendrían nada normal que hacer allí, sus posturas tensas y alertas los delatan.

—¿Qué piensas? —me pregunta Peter mientras avanzamos hacia ellos; su mano roza el arma oculta bajo su abrigo.

—Tienen apariencia de matones y nos están mirando con hostilidad —le respondo y le sonrío a la vez que lo tomo del brazo, fingiendo ser una pareja despreocupada.

Él también me sonríe, siguiéndome el juego.

—Me gusta esto de hacernos pasar por pareja —dice Peter con un guiño travieso y luego toca el arma que lleva bajo su abrigo—. ¿Quieres que la use?

—Prefiero que no hagamos ruido —le respondo sin hacer ninguna referencia a eso de hacernos pasar por pareja, aunque por dentro siento una chispa de emoción —, no queremos que Sagitario se apresure a hacer su jugada. Que esté tranquilo y se tome todo el tiempo del mundo. Nos deshacemos de ellos a mano limpia.

Vuelvo a sonreír de manera exagerada y Peter hace lo mismo. Sé que, por más que estemos actuando, tanto a Peter como a mí nos gusta estar así. Quizás algún día sea real, pero por el momento debemos concentrarnos en los dos tipos que tenemos enfrente. Ya estamos a la altura de los matones y veo que a uno le asoma una pistola bajo la chaqueta. Eso nos confirma lo que están haciendo aquí. Cuidan que nadie perturbe al asesino.

—Disculpen —les digo con naturalidad, fingiendo ser una turista perdida—. ¿Cómo llegamos al lugar del discurso?

—Debe volver justo por donde vin…

No lo dejo terminar, le doy una patada certera en los testículos mientras Peter le pega un puñetazo en la cara al otro. Luego, aprovechando que está doblado hacia adelante, le doy un rodillazo contundente en el rostro. El hombre no se llega a enderezar, se tambalea y cae inconsciente. Peter a su vez le da otro puñetazo a su oponente, no sé cuántos van ya. Lo sostiene con una mano y le pega con la otra con fuerza brutal. Se detiene cuando estaba preparado para volver a pegarle, lo suelta y el tipo se desmaya.

—Creo que exageré —dice Peter tocando al hombre caído con el pie; tiene la respiración agitada.

Le echo una mirada rápida.

—No te preocupes —le digo, palmeándole el brazo con confianza—. Es uno de los malos y sigue con vida. Se recuperará.

9

DUELO EN EL CONCRETO

Independence Hall, Filadelfia
Lunes, 6 de diciembre, 3:25 p. m.

—Andrew —le digo por el auricular—, Sagitario está aquí, en el edificio en construcción. Avísale al resto del equipo. Hemos dejado a dos de sus hombres noqueados, pero no podemos perder tiempo en amarrarlos, vamos a subir.

—Entendido, Ainara —responde Andrew—. Intentaré hackear cámaras de la zona para ubicar a Sagitario y decirles exactamente dónde se encuentra.

—Empieza por el último piso —le indico convencida—, debería estar allí.

Estoy segura de que está en el lugar más alto. El ángulo de declinación es menor cuando se dispara hacia abajo porque el peso del proyectil tiene menos incidencia. Sagitario sabe muy bien lo que hace, tiene que estar allí. Veo que Peter va hacia el elevador, pero lo detengo.

—No debemos hacer ruido —le digo.

Los elevadores de obra son abiertos y ruidosos, sabrá que vamos hacia él apenas se ponga en funcionamiento.

—Demonios —protesta Peter. Subir veinte pisos por escalera no es algo que nos agrade a ninguno de los dos, pero no tenemos alternativa.

Los cinco primeros pisos los subimos casi corriendo. En ese momento nos dimos cuenta de que no podíamos mantener ese ritmo y empezamos a hacerlo más despacio. Cuando llegamos al piso diez, nos habla Andrew.

—Confirmado —me dice—. Sagitario está en el piso diecinueve. No alcanzo a verlo bien, pero hay movimientos allí. Es una lona verde, debe estar oculto bajo ella.

—Bien —digo jadeando—. Diecinueve es mejor que veinte.

—Sí —confirma Andrew . El piso veinte aún no tiene techo, hubiera quedado expuesto a cualquier helicóptero de la Policía o la prensa.

—Okey —dice Peter, que no puede más—. Estamos en el doce, creo, faltan siete.

Son los siete pisos más largos de mi vida. Cuando estamos por el piso diecisiete, escuchamos gritos y aplausos a lo lejos. El vicepresidente debe haber subido al estrado, está al alcance de Sagitario. Debemos apurarnos. Subo de a dos escalones, mi corazón está por estallar y las piernas me duelen. Rebaso a Peter que venía delante mío. No puedo perder ni un segundo. Con la mano izquierda me sujeto de donde puedo para ayudarme a subir y con la derecha saco mi Magnum.

Llego a duras penas al piso diecinueve y busco el bulto verde del que habló Andrew. Lo veo en el otro extremo del lugar. Me encuentro a más de veinte metros. Estoy agotada y me falta el aire, así que sujeto mi arma con las dos manos, apunto y disparo. El tiro da en la lona. Veo entonces que quien estaba debajo se la quita de encima y me mira. Puedo ver también el gran rifle apostado en una especie de soporte. El hombre saca una pistola y me arrojo a un costado detrás de una columna. El disparo da en esta.

—¡Agáchate, Peter! —le grito cuando lo veo asomarse por la escalera.

Lo hace justo a tiempo. Un preciso disparo da en el borde de la escalera por la que se había asomado.

—¡Demonios! —digo en voz alta.

Soy muy buena tiradora, pero no puedo enfrentarme a duelo con el mejor pistolero del Lejano Oeste. Ni Peter ni yo tenemos chance contra él. No necesita el rifle para matarnos, con cualquier arma acertará en un blanco tan cercano. En cuanto nos asomemos, estaremos muertos. Por otro lado, si no hacemos nada, primero matará al vicepresidente y luego a nosotros. No podemos esperar a los refuerzos, hay que actuar. Debemos al menos distraerlo. Entonces, sin mirar a dónde, saco la mano por el costado de la columna y comienzo a disparar. Escucho un tiro y siento que da en mi arma, que cae a un lado.

—Maldito bastardo —exclamo; de milagro no me hirió en la mano, solo fue el golpe del arma recibiendo el balazo. Su puntería es impecable.

—Ainara —me dice Peter sin asomarse todavía—. ¿Estás bien?

—Sí —le respondo—, necesito tu fuego, rápido.

Apenas termino de decir eso, la ametralladora de Peter comienza a sonar con sus ráfagas interminables. Recién entonces me asomo y veo que Sagitario toma el rifle y se pone a cubierto. Sabe que, aunque disparando a ciegas, la ametralladora lo puede alcanzar en cualquier momento. Sin duda hace rato que está planeando su tiro imposible; al cambiar de lugar, no podrá efectuarlo de inmediato. Debe volver a poner su arma en posición y hacer sus cálculos, eso nos dará tiempo para pensar en algo. Mi corazón ya late a un ritmo más normal y Peter deja de disparar. Sé dónde se encuentra el francotirador, mientras no lo vea asomarse, estaremos a salvo. Debo cambiar de lugar para hacérselo más difícil y confundirlo.

—Peter —le digo—, yo te cubro. Sal de ahí y ponte a resguardo.

Saco un arma más pequeña de dentro de mi bota, me asomo y empiezo a disparar hacia donde se encuentra el francotirador. Es un cúmulo de ladrillos apilados de un metro de alto, por uno y medio de ancho. Disparo a un lado, al otro, y arriba. La idea es no dejarlo asomarse. Aprovecho el descuido para alcanzar el arma que se me había caído, y me cubro tras la siguiente columna.

Peter ya salió de la escalera y se encuentra al otro lado del piso, también escondido.

—Si lo rodeamos y disparamos a la vez —digo por el auricular para que escuche Andrew—, tendremos una oportunidad. Alguno de los dos puede salir herido, pero el otro acabará con él. Avísale a Peter.

—Okey —responde Andrew—. Ahora que se quitó la lona puedo ver a Sagitario, creo que está acomodando su arma de nuevo.

Miro a Peter, que ya ha recibido el mensaje de Andrew, y asiente con la cabeza. Le hago señas para que avancemos y le dispare a los ladrillos. Salimos de nuestros escondites y Peter vuelve a lanzar sus ráfagas contra los ladrillos.

—Sagitario se mueve —dice Andrew—. Ha dejado el rifle y se prepara para dispararles a ustedes. Ocúltense.

Hacemos caso de inmediato. Nos protegemos y nos quedamos en silencio. Sagitario no se imagina que tenemos a alguien vigilándolo.

—Sigue allí —dice Andrew—, está apostado, esperando que alguno de ustedes esté a la vista.

—Tú avísanos, Andrew —le digo—, no nos moveremos.

Permanecemos quietos. Sagitario no debe entender qué estamos esperando.

—Ha vuelto a su rifle —indica Andrew—, pueden moverse.

Repetimos el procedimiento. Peter echa una balacera sobre los ladrillos y nos acercamos un poco más.

—Cúbranse —nos grita Andrew.

Mientras reaccionamos y me cubro, escucho un disparo de Sagitario y un quejido de Peter.

—¿Qué pasó? —preguntó.

—Peter me dice que fue herido en el hombro —

explica Andrew—, pero que solo lo rozó. Sagitario sigue esperando que Peter o tú se muevan.

Ni loca me movería con este asesino esperándome. Hemos tenido suerte hasta ahora, un paso en falso y nos mata. Estoy a cuatro metros del cúmulo de ladrillos. Si Sagitario vuelve a su rifle, ya no esperaré más iré sobre él.

—Deja de buscarlos y vuelve a su rifle —nos cuenta Andrew. Es ahora o nunca.

—Dile a Peter que no dispare —le digo a Andrew—. Iré hacia Sagitario de una vez.

Salgo de mi ubicación y comienzo a caminar sin hacer ruido hacia el asesino. Debo esquivar restos de ladrillo partido, si los piso, me escuchará. Me agacho, estoy a menos de un metro de él con ladrillos de por medio. Espero tener la fuerza suficiente. Me arrojo con todo mi peso contra los ladrillos apilados y, como en una cascada, caen hacia el lado de Sagitario.

A medida que caen y la pared desaparece, veo que Sagitario, con las piernas cubiertas por los ladrillos, me apunta con su arma. Estamos frente a frente, no tengo oportunidad. Ni siquiera intento apuntarle con mi Magnum, sé que no me dará tiempo. El hombre sonríe, ya me tiene, quizás hasta espera que trate de hacer algo para hacerme sufrir. Sin embargo, una estruendosa ráfaga de Peter a corta distancia nos sorprende. Sagitario se sacude con varios impactos y deja caer su arma. Sigue con vida y me acerco.

—Dime para quién trabajas y te llevaré con un médico —le digo.

Dudo que podamos bajarlo del edificio y llevarlo a

que lo atiendan a tiempo, tiene demasiados impactos como para salvarlo.

—Estúpida —me dice con su acento griego a la vez que escupe sangre—. Solo has evitado una muerte, pero esto es mucho más grande…

Veo que sus ojos comienzan a cerrarse, lo tomo de la ropa y lo muevo para hacerlo reaccionar.

—¿De qué hablas? —le pregunto, quiero que me siga dando información.

—En setenta y dos horas —me dice en un tono apenas audible, así que debo acercarme más para escucharlo—, tu país será nuestro.

Luego de decir eso, veo que sus ojos dejan de brillar; ha muerto.

—Ainara —me llama Andrew por el auricular—. Se ha suspendido el discurso, deben haber escuchado el tiroteo, tienen que salir de allí.

—Okey —le digo a Andrew y luego miro a Peter—. Vamos.

—Espera —me dice mientras veo que saca un bolígrafo del bolsillo de su abrigo—. Hagamos que el trabajo de Freddy sea más sencillo.

Veo que va sobre el cadáver y le escribe algo en la frente. Al apartarse, observo lo que escribió: SAGITARIO.

—¿Era necesario? —le —preguntó sin comprender por qué lo hizo.

—Somos los primeros en ver el rostro de Sagitario —me responde Peter—. Sin ninguna pista, no hay forma de que sepan quién es. Con esto, Freddy podrá guiar la investigación hacia dónde necesitemos.

Peter tiene razón, es un detalle un poco sádico y no me agrada, pero era necesario. Cuando la policía lo encuentre, no entenderá nada, pero tendrá algo que investigar. Vamos hacia la escalera y, en cuanto empezamos a bajar, vemos que suben Junior y Alain, jadeando. Ellos nos miran.

—Aquí terminamos —les digo para que se queden tranquilos—. ¿Y Luna?

—Esperando abajo —aclara Junior casi sin aliento.

—Están viejos, muchachos —dice Peter, dándole una palmada en el hombro a Alain cuando lo tiene a su lado —. No pierdan tiempo, hay que bajar.

LAS PIEZAS SE REVELAN

Búnker de Andrew, Nueva York
Lunes, 6 de diciembre, 9:10 p. m.

Las escaleras nos devuelven al suelo firme con las piernas temblorosas y la adrenalina aún en las venas. Nadie nos espera abajo. Y eso es lo que más me inquieta. Los dos matones han desaparecido y Luna me explica que, cuando llegaron, ya no había nadie.

—No estaban tan mal —le digo a Peter, quien pensó que los había matado a golpes.

Los dos hombres abandonaron a Sagitario cuando nosotros nos enfrentábamos a él arriba. Eso quiere decir que no hay ningún tipo de lealtad entre ellos. Es un dato no menor, no estamos tratando con terroristas o extremistas que pelean por una causa que creen justa. Son tan solo mercenarios, lo hacen solo por dinero, por lo cual sus lealtades pueden cambiar con facilidad.

En el viaje de vuelta a Nueva York no hablamos demasiado. Junior conduce, Alain se queja por haber subido la escalera sin necesidad por culpa de Junior, que no quiso usar el elevador, y Luna mira su móvil durante todo el recorrido, sigue buscando pistas sobre el resto de los mercenarios. Peter limpia y recarga su ametralladora, mientras que yo maldigo por la marca que ha dejado el disparo de Sagitario en mi Magnum. Supongo que todos estamos esperando a llegar al búnker para hablar con Andrew y Freddy presentes, no queremos que por charlar entre nosotros ellos se pierdan algún detalle importante. Eso es lo que estamos haciendo ahora.

—Por fin llegamos a tiempo —dice Peter mientras camina directo al sillón—. Ya hay un signo menos por el que debamos preocuparnos.

—Me hubiera gustado quedarme con ese rifle —comenta Alain, a quien le gustan mucho las armas—, pero lo dejamos allí para que puedas hacer tu trabajo, Freddy.

—Muchas gracias —responde Freddy con ironía. Nos estaba esperando sentado en el sillón al lado de donde se acaba de sentar Peter—. Ya hablé con mis colegas de Filadelfia y me contaron sobre la nota que dejaron. Fue poco sutil, pero servirá. Les daré un día para ver si logran descubrir de qué se trata y, si no lo hacen, intervendré. Al menos se dieron cuenta de que alguien evitó un magnicidio.

—Hay un mercenario menos —intervengo, sentándome en el piso para acariciar a Bob; desde que entramos, está saltando a mi alrededor—, pero aún no sabemos quiénes son los demás. Sagitario —dijo que el país sería de ellos en setenta y dos horas. ¿De qué diablos estaba hablando?

—Creo que Sagitario, queriendo hacer alarde, en realidad nos hizo un favor —dice Luna y se acomoda en la silla frente a la mesa, es su lugar preferido. Todos la miramos intrigados y ella continúa con su explicación—. Nos confirmó que estos atentados tienen un objetivo claro y no son ataques al azar.

—Pero no tenemos idea de cuál es el objetivo real —dice Junior, tomando otra silla.

—Para el público parecen ataques aleatorios —prosigue Luna—, como si unos locos intentaran sembrar el caos. Pero tenemos su lista de blancos y sabemos que están cumpliendo paso a paso con un cronograma bien planificado.

—Creo —le digo a Luna— que estás intentando decir algo.

—Sí —responde—, aún no lo tengo claro. Pero puedo separar mi hipótesis en dos partes.

De repente suena el timbre y nos sobresaltamos, cada uno aferra su arma.

—Tranquilos —dice Andrew, poniéndose de pie—. Es la pizza. Supongo que tienen hambre.

—Sí —confirma Alain, que estaba revisando la refrigeradora.

Esperamos a que vuelva Andrew con la comida y Luna prosigue con su teoría.

—En primer lugar —explica—, no son células independientes, están coordinados a la perfección y colaboran entre ellos, esto no se puede hacer si no hay un cerebro detrás. Conocemos a tres signos: Escorpio, Leo y el difunto Sagitario. Sabemos que el cuarto es un hacker, del que aún no tenemos el nombre, pero todavía tenemos otros dos signos más de los que no sabemos nada. Yo apuesto a que uno de esos dos es el cerebro, el que está organizando la operación Zodiaco y, si lo encontramos a él, sabremos qué es lo que intentan hacer. Tiene que ser el que organizó el secuestro de Tom, la fuga de Escorpio, la muerte del congresista y obtuvo la información del soplón del noticiero.

—Okey —digo analizando la interpretación de Luna—, supongamos que es así. Eso aún no explica por qué lo están haciendo.

—Eso me lleva a la segunda parte de mi hipótesis —continúa Luna, que siempre tiene una explicación lógica para todo—. Son mercenarios, no políticos, lo que estén haciendo, lo hacen por dinero. Y el dinero, alguien lo tiene que poner. ¿Entienden? Alguien les está pagando para que lleven adelante la operación Zodiaco. Al margen de que uno de ellos sea el cabecilla, fueron contratados como un equipo para conseguir algo muy específico que aún no llegamos a ver. Por lo que —dijo Sagitario acerca de que el país será de ellos, sabemos que a ningún mercenario le interesa conquistar un país. ¿A quién conocemos que ha estado tratando de conseguir eso desde hace años?

—«El Anillo»… —dicen Peter y Junior a la vez.

Yo no llego a decirlo, pero también lo pienso.

—¿Otra vez? —pregunta Alain, echándose adelante en su silla con la porción de pizza en la mano. Creo que es el único que no lo ve venir cuando Luna comienza su explicación.

—Tiene sentido —agrego—. O mejor dicho, eso le daría sentido a todos estos ataques. El Anillo siempre ha intentado desestabilizar al país para tomar el control. Tanto el congresista McArthur como el vicepresidente no están en la nómina del Anillo. De hecho, de una u otra manera han interferido en sus planes.

—Lo mismo sucede con el gobernador de Virginia —acota Freddy con la boca llena—, a quien dejaron sin electricidad cuando hackearon la red. Él también ha contribuido a detener al Anillo alguna vez.

—¿Están diciendo que esto es una simple venganza del Anillo? —pregunta Peter con dudas al respecto. Quedó tan cansado de aquellas escaleras que ni siquiera se ha levantado del sillón a buscar su porción.

—No —contesta Luna—, estamos diciendo que puede ser que el Anillo sea quien está detrás de esto, con un objetivo que todavía no conocemos, y que para eso está usando a los mercenarios, que atacan específicamente a sus enemigos.

—¿Cuál crees que pueda ser ese objetivo? —le pregunto a Luna.

—Ya lo —dijo Sagitario —contesta—, adueñarse del país. Pero la forma en que intentarán hacerlo, creo que solo lo sabe el cerebro de la operación Zodiaco. Si encontramos a esos dos signos que faltan, más allá del hacker, tendremos la respuesta. Por algún motivo, no han mostrado su rostro todavía, pero estoy segura de que lo harán pronto. Tenemos setenta y dos horas para encontrarlos.

Recién entonces Luna agarra una porción de pizza y

me ofrece otra a mí. Yo también estoy cansada y no quería levantarme del suelo.

—Dame dos —le digo—. Bob se está relamiendo.

La habitación queda en silencio por unos segundos mientras todos reflexionamos sobre las revelaciones de Luna. La tensión es palpable. Setenta y dos horas, el plazo dado por Sagitario antes de morir, de repente se siente muy real y apremiante.

Miro alrededor del búnker. Andrew está apoyado contra la pared, con los brazos cruzados y el ceño fruncido en señal de concentración. Peter y Alain devoran sus porciones de pizza, pero sus movimientos son mecánicos, sus mentes sin duda están en otro lado. Freddy teclea con furia en su portátil, sin duda ya poniéndose a trabajar para encontrar a nuestros signos faltantes. Junior golpea, nervioso, su rodilla con los dedos. Y Luna... Luna mantiene esa calma inquebrantable que siempre la caracteriza, pero veo la determinación ardiendo en sus ojos.

Rompo al fin el silencio.

—Bueno, ya escucharon a nuestra genio residente —digo con una media sonrisa, señalando a Luna con un movimiento de cabeza—. Tenemos trabajo que hacer. Luna, sigue con las noticias y redes sociales, busca cualquier pista que puedas encontrar. Andrew, necesito que contactes a tus fuentes, veamos si alguien ha oído algo. Peter, Alain, Junior, descansen un poco, pero manténganse alertas, no sabemos cuándo volveremos a entrar en acción. Mañana nos pondremos en movimiento.

Todos asentimos: la decisión ha reemplazado al cansancio. No podemos darnos el lujo de descansar, no con lo que está en juego. El Anillo, Escorpio, Leo, el hacker sin nombre... Quienquiera que sea el cerebro detrás de todo esto, no les dejaremos salirse con la suya. Esta es nuestra ciudad, nuestro país, y lo protegeremos cueste lo que cueste.

Bob deja escapar un ladrido, como si estuviera de acuerdo. No puedo evitar sonreír a pesar de la gravedad de la situación. Tenemos un equipo increíble aquí, una pequeña familia disfuncional pero leal hasta la médula. Juntos, sé que podemos enfrentar lo que sea que nos depare el futuro.

CUARENTA Y OCHO HORAS

Brooklyn, Nueva York
Martes, 7 de diciembre, 11:30 a. m.

Vamos con Peter a una dirección que nos acaba de pasar Alain. Uno de sus contactos, el mismo que le pasó el dato del rifle de precisión, le dio dos sitios posibles donde podría hallarse Leo hace unos minutos. Nosotros vamos a unas bodegas en el puerto de Brooklyn y Alain va a revisar depósitos en Queens.

Siento que estamos cada vez más cerca, y ahora ellos deben estar seguros de que hay alguien persiguiéndolos. Estuvimos a un paso de frenar a Escorpio y frustramos los planes de Sagitario, terminando incluso con su vida. Ya deben haber comprendido que estas cosas no fueron casuales y que les estamos pisando los talones. No sé si saben quiénes somos o no, pero estarán más alerta y extremarán sus cuidados. Debemos ser precavidos nosotros también. Antes contábamos con el elemento sorpresa, ahora ya no.

Tenemos cuarenta y ocho horas para detenerlos, y planean realizar al menos dos ataques más. No podemos estar seguros de que sean los únicos, porque la lista de Tom estaba truncada, pero si ya nos anticipamos una vez, espero poder hacerlo de nuevo.

Pasamos con el coche por la puerta del lugar que se nos indicó y vemos que hay mucho movimiento. Damos la vuelta y estacionamos en un sitio apartado. Bajamos y caminamos hacia la parte delantera de la bodega. Está el portón abierto y hay gente cargando un camión. No se ve nada extraño. Nos paramos junto a ellos y vemos que las cajas dicen ser de móviles. Nos gustaría saber si tienen eso adentro o esconden otra cosa. Un hombre nos ve observando sus movimientos y se acerca. Es una persona mayor, que lleva puesta una gorra de béisbol y trae en las manos una planilla. Pareciera ser quien está a cargo.

—¿Los puedo ayudar en algo? —nos pregunta sin mostrarse a la defensiva. Al contrario, lo hace de manera servicial.

—Buenos día —responde Peter y muestra su vieja placa—. Soy el agente Bennett del FBI y ella es la agente Smith.

Debo disimular una sonrisa. Que me llame de esa manera es algo así como una broma.

—Estamos investigando un asunto de tráfico de drogas —miente Peter sobre la marcha y sin ponernos de acuerdo—. Un informante nos —dijo que aquí estaban moviendo grandes cantidades de estimulantes.

—Vaya —dice el hombre, acomodándose la gorra—.

La gente dice cualquier cosa. Hoy estamos trabajando con móviles. Supongo que deja menos dinero que la droga, pero es legal.

Se ríe al decir eso y mira a uno de los que carga las cajas. Lo llama.

—John, ven —dice.

John, un tipo grande y de barba, viene con la caja al hombro.

—¿Qué sucede, Mark? —pregunta siempre con la caja encima.

—Baja esa caja un minuto —dice Mark, que debe ser algo así como el capataz.

John baja la caja y Mark se inclina sobre ella. La abre y saca un par de cajas pequeñas de móviles.

—Ven —dice, mostrándonos lo que tiene en la mano —, teléfonos. No puedo abrirlos porque tendría problemas. Pero si quieren abrirlos o revisar adentro, les voy a pedir que traigan una orden. Espero que me entiendan, pero es mi trabajo que esto llegue sin un rasguño.

—Lo entendemos sin problemas —le digo—. No será necesario. Gracias por tu colaboración, Mark, y disculpa la molestia.

—No es nada, agentes —responde el capataz mientras vuelve a guardar los teléfonos—, para servirles.

Nos damos la vuelta y nos vamos.

—El hombre sonaba sincero —dice Peter—. Aquí no había nada fuera de regla.

—Fue una pista falsa —respondo frustrada—. Tal vez Alain tenga más suerte.

Martes, 7 de diciembre, 11:40 a. m.

Alain llega a la dirección que le pasó su contacto. Son unos viejos depósitos en un área bastante marginal. El sitio parece estar abandonado. Alain piensa que es bueno que sea de día, no le gustaría estar allí cuando oscurezca, es un barrio peligroso. Luego de dejar su coche enfrente, Alain se acerca al gran portón de metal, que está cerrado. Apoya su oído y cree escuchar algo, como si hubiera movimiento adentro. Piensa que tal vez valga la pena echar un vistazo. Puede que solo se trate de indigentes viviendo allí, es algo común en esa zona, pero tiene que verificarlo.

Camina por el frente, bordeando el lugar, hasta que, al costado del edificio, encuentra una reja que da a lo que parece un terreno baldío. Alain no lo piensa dos veces, trepa por la reja y salta al otro lado. Mira a su alrededor y no hay nadie; está todo tranquilo. De nuevo rodea el edificio, pero esta vez desde el terreno lindero. No hay ninguna ventana por la cual asomarse, así que debe llegar a la parte trasera y ver qué encuentra. Al alcanzar el final de la construcción, ve otra reja que separa los dos lotes. Vuelve a treparse y baja, ahora sí, se encuentra en el terreno correcto.

Las ventanas están muy altas, a varios metros, ya que son para que entre la luz y no para ver el paisaje. Por suerte, encuentra una pequeña puerta y camina hasta ella. La empuja apenas un poco y se da cuenta de que está abierta.

—Bien —dice para sí mismo—, así me gusta.

Abre la puerta un poco más y se asoma. Hay luces encendidas y ahora escucha mucho mejor los movimientos. No ve lo que sucede porque la entrada está bloqueada por cajas de madera. Abre la puerta unos centímetros más, hasta donde se lo permiten las cajas, pero es suficiente para que logre entrar. Camina de costado entre las cajas y la pared. Quiere llegar hasta un lugar donde pueda ver lo que están haciendo.

—Suerte que soy delgado —murmura mientras se mueve rozando pared y cajas.

Al avanzar, observa que al costado de las cajas dice algo, y se detiene para verlo mejor. No lo entiende, es una escritura cirílica, tal vez de Bosnia o algo así. En ese momento, recuerda lo que sabe de Leo, que trafica armas de Europa del Este hacia África. Se le ocurre entonces que está en el lugar preciso: esta mercancía debe ser el resultado del contrabando. Necesita ver qué hay en esas cajas para corroborarlo.

Avanza un poco más y las cajas ya no superan su altura, llegan hasta un metro del suelo. Se asoma con cuidado y ve varios hombres cargando el mismo tipo de cajas en dos camiones. Vuelve a ocultarse. Está seguro de que son los mercenarios de Leo, pero ya está allí y necesita ver el contenido de las cajas antes de marcharse para avisarle al equipo. Esta vez, el dato de su contacto fue verídico.

El espacio entre las cajas y la pared sigue siendo muy estrecho, por lo que no puede agacharse. Entonces, estira la mano, tratando de abrir la caja más cercana. Hace fuerza con los dedos, pero no puede, está cerrada. La tapa está clavada. Piensa un segundo. Así que mete la mano en el bolsillo de su pantalón y saca una navaja, la abre y trata de insertarla en el intersticio entre la tapa y el resto de la caja. Forcejea un poco y lo logra. Los clavos comienzan a ceder, luego hace palanca. Debe hacerlo con fuerza, pero sin precipitarse; si hace ruido, lo descubrirán. Por eso, con sumo cuidado tira de la navaja hacia arriba y los clavos continúan separándose de la madera; la tapa comienza a abrirse.

—Solo un poco más —se dice a sí mismo como tratando de convencerse.

Un lado de la tapa termina de soltarse, con eso alcanza para que pueda ver su contenido. Hay una especie de bolsa de plástico gris, también con un texto cirílico en ella y un pequeño dispositivo digital a su lado. Todo rodeado de material plástico para amortiguamiento. Alain ya se imagina de qué se trata, solo le falta una comprobación más. Sostiene la tapa abierta con la otra mano y con la anterior clava la navaja en la bolsa. De inmediato, empieza a caer un polvo negro. Alain mete un dedo dentro del polvo, lo saca y se lo lleva a la nariz. Ya no tiene dudas, es un tipo de pólvora. Está frente a cajas de explosivos, quizás los más básicos. Una bolsa de pólvora con un detonador eléctrico, nada del otro mundo. Cuando la cuenta del reloj digital llega a cero, el detonador produce una chispa y todo vuela por los aires. Simple pero efectivo. Piensa que no es necesario importar esto desde tan lejos, aquí en Estados Unidos se podría haber conseguido lo mismo con toda facilidad. El único problema hubiera sido no llamar la atención al hacerlo.

—Leo debe tener sus motivos —concluye y mira a su alrededor.

Alain piensa que si todas las cajas contienen lo mismo, y así parece ser porque son iguales, podrían hacer volar varios edificios a la vez. Ahora sí, ya tiene todo lo que necesitaba saber, debe salir de allí pronto y avisarle al equipo cuanto antes. Si logran atrapar a Leo y quitarle toda esta mercancía, será un golpe fatal para la operación Zodiaco. Comienza a caminar entonces en dirección a la puerta, que sigue abierta. Va despacio y de costado como lo hizo al entrar. Al llegar, sale y la cierra detrás de sí. Empieza a caminar hacia la reja.

—¡Eh! —Escucha Alain y se queda petrificado—. Alto ahí.

Mira hacia atrás y ve a dos hombres que estaban encendiendo un cigarrillo.

—¡Mierda! —maldice Alain y se larga a correr.

Vienen detrás de él. Llega a la reja y se trepa. Alguien lo toma de las piernas. Alain le patea la cabeza y se zafa. Logra saltar al otro lado y corre hacia la reja del frente del terreno baldío. Mira hacia atrás y ve que uno de los hombres salta también y lo sigue. Corre lo más rápido que puede, pegado al edificio. Debe llegar a su coche y evitar los disparos que seguro empezarán a sonar. Llega a la siguiente reja, la trepa y ve que el hombre que lo sigue casi lo atrapa, pero no, él es más rápido. Salta a la calle, mirando a través de la reja que su perseguidor comienza a trepar. Se da vuelta para ir hacia su vehículo y solo alcanza a ver lo que parece la culata de una escopeta. Luego todo se pone negro.

A CONTRARRELOJ

Oﬁcinas del FBI, Nueva York
Martes, 7 de diciembre, 1:00 p. m.

Freddy no tiene tiempo para rodeos. Marca directamente desde su escritorio y su tono ya es una advertencia: algo grande está por explotar. Llama a su colega de Filadelfia, quiere saber cómo va la investigación del atentado. En realidad, lo que quiere hacer es impulsar esa investigación. Si el FBI presiona por su lado, le será más fácil a Ainara acorralarlos por el otro.

—Hola, Tanaka —lo saludan desde el otro lado de la línea—. ¿Qué sucede que estás tan interesado en este caso?

—Es que un atentado frustrado al vicepresidente —contesta Freddy, que ya encontró una forma de inmiscuirse en la investigación— es algo que nos debe preocupar a todos. Además, yo también tengo un francotirador suelto aquí en Nueva York, y me preguntaba si no podría ser el mismo.

—¿Por qué sería el mismo? —pregunta Ron Taylor, el jefe del Departamento del FBI de Filadelfia.

—Porque el de aquí ayudó a escapar a un mercenario peligroso de la cárcel —explica Freddy—, realizando un tiro imposible como el que pretendía hacer tu francotirador para matar al vicepresidente.

—Tanaka —le dice Taylor, dudando de su lógica—. Eso podría ser solo una coincidencia. No son los primeros francotiradores que intentan cosas así.

—Tal vez —responde Freddy y ahora le tira el dato importante—, si no fuera porque el mercenario al que ayudó a escapar se llama Escorpio.

El agente al otro lado del teléfono hace silencio, como si estuviera recalculando la información que maneja.

—¿Crees que la nota en la frente del cadáver y tu Escorpio estén relacionados? —pregunta sin estar convencido.

—Escorpio y Sagitario —insiste Freddy—. Dos asesinos, creemos que el primero fue quien envenenó al congresista McArthur y el segundo intentó asesinar al vicepresidente. ¿Tú qué crees?

—Si lo planteas así, podría ser —contesta el jefe Taylor, empezando a tener en cuenta la teoría de Freddy —. El tema es que todavía no hemos podido identificar al francotirador. Que le hayan escrito Sagitario en la frente no significa que ese sea su nombre. Podría ser la firma de quien lo mató.

—Quizás pueda ayudarte con eso —continúa Freddy al ver que su colega no tiene nada y debe guiarlo hacia la operación Zodiaco—. Estuve investigando en Interpol. Hay un francotirador famoso en Grecia conocido solo por su apodo: Sagitario. Si es el mismo, no encontrarás ni su rostro ni sus huellas en ninguna base de datos. Lo único que se me ocurre es buscar en Inmigraciones el ingreso de un griego al país. Por más que haya utilizado un pasaporte falso, su rostro debería estar registrado.

—Ahora entiendo por qué eres el agente estrella de Nueva York —contesta el jefe de Filadelfia—. Te debo una, Freddy. Ah, una cosa más. Si Sagitario es el muerto y no la firma de quien lo mató, ¿sabes quiénes pueden haber acabado con el francotirador? Encontramos rastros de al menos tres armas.

—De eso no tengo idea, y no me gustan los justicieros —miente Freddy, que no le interesa que la investigación vaya por ese lado—, pero esta vez, creo que el vicepresidente les debe una Plantilla ellos también.

Búnker de Andrew, Nueva York.
Martes, 7 de diciembre, 1:30 p. m.

Estamos en el búnker, esperando la llamada de Alain. El único que no se encuentra aquí es Freddy, que se halla en su oficina. Estamos preocupados, Alain ya debería haber vuelto o, en su defecto, haberse comunicado con nosotros. Él no suele desaparecer porque sí, y menos en medio de un caso. No debimos haberlo dejado ir solo. Temo que le haya pasado algo.

—¿Qué hacemos? —pregunta Peter, que camina de un lado al otro de la sala; su ansiedad es palpable en cada paso.

—Vamos por él —le contesto sin dudarlo— ¿Andrew?

—Su teléfono está apagado —responde Andrew, que mira las pantallas con intensidad, sus dedos vuelan sobre el teclado—, pero tengo el último sitio en el que estuvo encendido. Es el depósito de Queens que había ido a investigar. Ya les paso la dirección.

—Voy con ustedes —dice Junior, levantándose de su silla con determinación.

Mi bestia negra, que estaba tirada en el suelo, se da cuenta de que nos estamos por ir y se pone de pie como esperando que lo llevemos con nosotros.

—No, mi amor —le digo, acariciándolo con ternura—. Mamá tiene que ir a trabajar.

—Yo me quedo aquí —dice Luna desde el sillón—, por si acaso Alain se comunica y deba ir a buscarlo a algún lado.

Asiento con la cabeza y salimos. Ojalá suceda lo que dice Luna, pero esto no me huele bien. Un nudo de preocupación se aprieta en mi estómago mientras nos dirigimos al coche.

QUEENS, Nueva York
Martes, 7 de diciembre, 2:10 p. m.

. . .

LLEGAMOS AL LUGAR. Se ve abandonado. Es pleno día y aun así no hay ningún movimiento. De inmediato, vemos el coche de Alain enfrente y estacionamos detrás de él. Bajamos y nos acercamos para ver si hay algo extraño; no hay nada. La cosa cada vez me gusta menos. Alain llegó con su vehículo y nunca lo usó para irse. Temo entrar a la bodega y encontrar lo peor.

Vamos entonces hacia el portón. Está cerrado con cadena y candado. No se escuchan sonidos dentro. Junior se pone en cuclillas y señala unas marcas de neumáticos en el piso que están mitad afuera y mitad adentro.

—De aquí salió al menos un camión —dice Junior mientras observa las huellas con ojo experto— y para dejar esa marca lo deben haber hecho rápido.

—Si está cerrado por fuera —dice Peter con la mano ya sobre la funda de su arma—, debemos suponer que no hay nadie dentro.

De nuevo me invaden malos pensamientos. «Nadie dentro con vida», agrego para mis adentros. Pero no quiero pensar de esa manera. Sacudo la cabeza para aclarar mis pensamientos sombríos.

—Entremos de una vez —les pido, apurándolos, porque la ansiedad me está carcomiendo. El miedo por lo que pudo haberle pasado a Alain me provoca un sabor amargo en la boca.

Junior iba a sacar sus ganzúas, pero Peter le gana de mano y saca las suyas. Abre el candado con mucha facilidad, sus movimientos son rápidos y seguros. Quita la cadena y, entre Junior y él, tiran de la puerta. La abren casi un metro. Yo empuño mi arma, respiro profundo y entramos.

El sitio está vacío. Para mí es un alivio, en mi cabeza me figuraba encontrar el cuerpo de Alain. No sé por qué estoy tan negativa, pero me alegro de haberme equivocado. Vemos algo en el suelo en el medio del depósito. Junior se apresura a ir hasta allí y lo recoge, luego nos mira.

—Es el móvil de Alain —dice, enseñándonos que está partido.

—¡Diablos! —maldice Peter, pateando una caja vacía, frustrado— ¿Qué habrá pasado aquí?

—No lo sé —digo con voz tensa—, pero prefiero encontrar su móvil roto que su cadáver.

Ambos me miran sin saber qué decir, la misma preocupación se refleja en sus ojos. Observo el sitio y veo que en el suelo hay algunas maderas rotas y material plástico del que se usa para amortiguar las encomiendas. Me acerco a esos restos y advierto que están limpios, que no hay polvo acumulado sobre ellos.

—Esto es nuevo —digo recogiendo un poco del material, frotándolo entre mis dedos—. Junior tiene razón, se fueron de aquí rápido. Cargaron lo que tenían en camiones y desaparecieron.

—Hubiera querido decir que Alain los está siguiendo —dice Junior en tono de preocupación—, pero con su móvil aquí roto y su coche afuera, me temo que eso no sea lo más probable.

Los tres pensamos lo mismo, lo descubrieron, huyeron y se lo llevaron. Solo podemos esperar que sea con vida. ¿Por qué se lo llevarían si no fuera con vida?

—Saben que estamos tras ellos —especulo, mi mente recorre escenarios cada vez más sombríos—, quizás lo llevaron para interrogarlo y averiguar quiénes somos.

—Si el Anillo está detrás de ellos —dice Junior—, les alegrará haber atrapado a Alain.

Entiendo el razonamiento de Junior: lo utilizarán para llegar a mí. Alain es fuerte, espero que encuentre la forma de engañarlos hasta que vayamos por él. Tenemos que encontrarlo rápido; no podemos perder ni un instante.

Veo que Peter camina hacia una pequeña puerta trasera. Toma el picaporte y la abre sin problemas. Se asoma hacia afuera y se da vuelta meneando la cabeza. Allí no hay nada. Entonces observo que mira a un costado y camina unos pasos. Se agacha y toca algo en el piso que parece polvo negro. Lo huele y nos mira mientras se endereza.

—Esto es pólvora —dice y empieza a dar vueltas por el lugar, sus ojos escanean cada centímetro—. Hay algunas marcas en el suelo, parece que hubo muchas cajas.

—De madera, imagino —digo señalando los restos que había encontrado antes; mi estómago está apretándose aún más.

—Si todas esas cajas tenían pólvora —aventura Peter mientras su rostro se va endureciendo—, están planeando volar algo grande.

—Espero que encontremos a Alain antes de que él también vuele —digo con mi voz rompiéndose apenas. Agarro mi móvil a la vez que guardo la Magnum bajo mi abrigo, mis manos están algo temblorosas.

Debo llamar a Andrew y contarle lo sucedido. De

alguna manera, debe encontrar ese camión o camiones. Ahora no solo tenemos que rescatar a Tom, Alain también fue secuestrado. Estamos bastante complicados y el cronómetro sigue corriendo. Dudo que lo mantengan vivo si logran completar su lista de atentados.

Espero que la lista sea más extensa que la que nos dejó Tom, eso nos daría más oportunidades de atraparlos. En todo caso, si Sagitario dijo la verdad, el tiempo límite sigue siendo el mismo.

Le quedan menos de cuarenta y ocho horas de vida a Alain. Y a nosotros, menos de cuarenta y ochos horas para detener lo que sea que el Anillo esté planeando. Encontraremos a Alain y detendremos a esos bastardos, cueste lo que cueste. El tiempo se acaba, pero nuestra determinación solo crece. Es hora de contraatacar.

13

EL CEREBRO DEL ZODIACO

Búnker de Andrew, Nueva York
Martes, 7 de diciembre, 1:30 p. m.

El portazo retumba como una declaración de guerra. Mi abrigo aterriza en el suelo y mi voz enciende la sala: tenemos que encontrar a los otros dos signos. Ahora. La vida de Alain depende de ello.

Desde el principio, esto ha sido personal, el secuestro de Tom lo dejó muy claro. Pero que raptaran a Alain... eso eleva la situación a un nivel superior.

Peter y Junior se desploman en el sillón, exhaustos. Yo permanezco de pie junto a Andrew, exigiendo respuestas inmediatas. Bob, mi perro, que ha pasado todo el día aquí, salta sobre Peter en busca de caricias. Debe haber percibido mi pésimo humor y ni siquiera se acerca a mí.

—Creo que he descubierto al cerebro —anuncia Luna, sorprendiéndonos a todos. Al fin una buena noticia—. Freddy acaba de enviarnos la información financiera del productor. Hace dos días recibió una transferencia de una empresa que ya hemos mencionado antes.

—Por supuesto —interrumpe Andrew, apartándose de las pantallas. Se echa hacia atrás en su silla con rueditas y se aferra la cabeza con ambas manos.

—¿Qué sucede, Andrew? —inquiero, buscando su mirada.

—Lo tuvimos siempre frente a nuestras narices —prosigue con frustración—. Es justo lo que dice Luna. ¿Cómo pude ser tan ciego? La refrigeradora en el edificio de Tom, el catering en el Metropolitan Opera House y ahora esto: la transferencia de diez mil dólares al productor del programa. ¿Saben qué empresa realizó esa transferencia?

—Cancerbero S. A. —responde Junior como si fuera algo obvio.

—Exacto —afirma Andrew—. ¿No lo ven? Cáncerbero. Cáncer es el cuarto signo.

—Eso mismo estaba por explicar —continúa Luna, luego de dejar que Andrew haga su catarsis—, pero hay más. Cáncer-bero. «Bero» en euskera, el idioma vasco, quiere decir «caliente». No tiene que ver con el mito griego del perro de tres cabezas como pensé al principio. Ese falso camino me hizo tardar en descubrirlo. Esa palabra vasca hace referencia a sí mismo. Ya lo investigué: hay un mercenario vasco conocido por ser un sexópata insaciable, es decir, «caliente». El cáncer tiene la capacidad de corromper todos los organismos que lo rodean. Eso es lo que hace este Cáncer: se infiltra, soborna, corrompe y se extiende en todas direcciones. Es el cerebro de la operación Zodiaco, y ya conozco su rostro, así que será más fácil encontrarlo. Se llama Xavier Larraín.

—Bravo, Luna —digo satisfecha. No entiendo cómo es posible que sepa el significado de una palabra en euskera, pero celebro su capacidad. Siempre me asombra.

—Ya sabemos entonces a quién buscar —señala Junior—. Debemos darle ese dato a Freddy de inmediato. Un mercenario vasco en Estados Unidos no puede haber pasado inadvertido para el FBI.

—Además —agrega Alain—, si ha hecho una transferencia bancaria, tiene que haber registros de esa empresa. Podemos localizarla.

—No será tan fácil —explica Andrew—. Ya intenté seguir la ruta del dinero, pero nuestro signo hacker es muy bueno en lo suyo. Ha borrado todo lo relacionado con la empresa. Es como si encendiera un interruptor y aparece Cancerbero S. A., luego lo apaga y adiós empresa, no queda nada. Tengo que descubrir a este hacker pronto, me está haciendo quedar muy mal. Debe ser uno de los mejores.

Camino por la sala, pensativa.

—Entonces solo nos falta un signo del que no tenemos idea. Ya estamos enterados del hacker, aunque no conozcamos su nombre. Sabemos a qué se dedica y que lo hace muy bien. Pero el sexto signo, ese es el que más me preocupa. ¿Por qué aún no ha aparecido?

—Estoy de acuerdo —concuerda Luna—. Podría ser cualquier cosa. Quizás sea el que dé el golpe final, pero son solo especulaciones. Por lo que descubrieron hoy de los explosivos, tal vez se dedique a eso. Leo es el proveedor de los otros signos, se encarga de conseguir lo que necesitan. Cáncer coordina todo y los demás ejecutan los atentados. Puede que el sexto signo podría estar preparando un atentado de ese tipo: volar un edificio del Gobierno o algo así.

—Hola a todos —saluda Freddy por los parlantes. Andrew se ha comunicado con él, tal como se lo pedí—. ¿Qué tienen para mí?

—Xavier Larraín —informa Luna—. Es un mercenario vasco y el cerebro de la operación Zodiaco. Su nombre clave es Cáncer y está detrás de la empresa Cancerbero S. A. Por desgracia, el hacker se ha encargado de borrar sus rastros, pero sabemos que el tipo es un sexópata. Con eso creo que tienes bastante para trabajar.

—Uff, sin dudas —responde Freddy—. Tengo que tomar nota de todo lo que dijiste y ya me pongo con eso. Por otro lado, les quería contar que debí intervenir en el caso de Filadelfia. No tenían idea de lo que significaba Sagitario, por lo que tuve que ingeniármelas para hacérselos saber. Lo relacioné con la fuga de Escorpio. Con lo que me acaban de decir de Cáncer, ya tengo datos suficientes para armar un caso conjunto y poder manejarlo yo, en lugar de que sean cosas aisladas. Ahora mismo ingreso la operación Zodiaco al sistema y tendremos el apoyo total del FBI.

—Necesitamos encontrar a Alain —remarco con urgencia—. Esa es la prioridad ahora.

—Entiendo —asegura Freddy—. Todos mis recursos están a su disposición.

De repente, Andrew exclama:

—¡Lo tengo!

Junior se levanta del sillón de un brinco, sobresaltando a Bob.

—¿Qué cosa? ¿A Freddy?

—No, no —aclara Andrew—. Ya sé quién es el hacker. Su nombre no tiene que ver con su actividad como con el resto de los signos. Tiene que ver con su historia. Hace una década, un niño de trece años hackeó el Acuario del Pacífico en Los Ángeles. Le cambió la temperatura al agua de todos los tanques y murió el setenta por ciento de los peces. Por ser menor, solo se llevó una reprimenda, un par de meses en un reformatorio y un curso de ética digital. Se llamaba Jonathan Atkins. El día que el estado de Virginia quedó a oscuras, Jonathan Atkins tomó un vuelo desde allí a Nueva York.

Peter, desorientado, pregunta:

—Entonces, ¿cuál es el signo de este Jonathan?

—Acuario, Peter —responde Andrew con tono cansino—. Acuario.

Resumo la situación:

—Ya tenemos el rostro de todos los signos, excepto del último. Olvidemos al que no conocemos por el momento y busquemos a los demás.

—Freddy y yo podemos concentrarnos en Cáncer —propone Luna.

—Acuario es mío —interviene Andrew.

—Puede que sea tuyo —dice Freddy—, pero también lo ingresaré al sistema y veremos qué pasa.

Junior agrega:

—Nos quedan Escorpio y Leo.

—Tú busca a Escorpio —le indico—. Con Peter buscaremos a Leo. Es el que se llevó a Alain. A él lo quiero primero.

Se respiraba un clima de nerviosismo extremo. Cada uno de nosotros está decidido a dar lo mejor para encontrar a los miembros restantes de la operación Zodiaco y rescatar a Alain antes de que sea demasiado tarde.

14

AGUA MORTAL

Oficinas del FBI, Nueva York
Martes, 7 de diciembre, 1:45 p. m.

Ni bien cuelga el teléfono, un golpeteo urgente lo saca del hilo de pensamiento. Freddy ya sabe: lo que viene no es casualidad. Es la siguiente pieza del rompecabezas.

—Adelante —indica Freddy.

—Jefe Tanaka —dice el joven agente que se asoma por la puerta. A Freddy le resulta extraño que lo llamen así, aún no se acostumbra, y tampoco quiere hacerlo. Por ser interino, todavía no sabe si permanecerá en el cargo o no.

—Dime —responde Freddy.

—Tengo algo para usted —anuncia el agente—. Venga, por favor.

—¿De qué se trata? —pregunta Freddy mientras se levanta de su escritorio y camina tras el muchacho.

—Como lo solicitó hace dos días —explica el agente mientras salen del despacho y avanzan hacia su ordenador—, pedí que corran el programa de reconocimiento facial en todos los edificios federales de Nueva York, buscando a Escorpio.

—¿Lo encontraste? —inquiere Freddy con un destello de esperanza en su voz.

—Creo que sí, señor —responde el muchacho—. Pero no en Nueva York. Solicité que se extienda la búsqueda a los estados vecinos y, por las dudas, al Distrito de Columbia.

—Bien hecho, agente Fitzroy —lo felicita Freddy—. Muéstrame qué tienes.

Llegan al escritorio y el joven señala la pantalla. Aparece el rostro de Escorpio con un casco de operario.

—Esto es de hace media hora en el Acueducto de Washington D. C. —explica el agente—. Hay un 95 % de coincidencia, es nuestro hombre. Está en un sector del acueducto que se encuentra en reparaciones.

Freddy reflexiona un instante. Si Escorpio se encuentra en la principal fuente de agua potable de Washington, el único motivo posible es que pretenda un envenenamiento a gran escala. Ainara y el equipo no llegarán a tiempo, debe avisar a sus colegas de Washington D. C. para que se movilicen de inmediato. Es más, debe ir él en persona.

—Voy a la terraza —le dice al agente Fitzroy—. Avisa a operaciones que preparen el helicóptero, debemos salir ya mismo hacia Washington D. C. Yo me encargo de las autorizaciones.

Freddy toma su teléfono y comienza a hacer llamadas mientras se dirige al elevador a toda prisa.

Acueducto de Washington, Distrito de Columbia
Martes 7, de diciembre, 3:30 p. m.

El helicóptero del FBI aterriza en el helipuerto más cercano a la zona donde fue visto Escorpio. Ya pasaron alrededor de tres horas desde que fue captado por la cámara al ingresar allí. Freddy espera estar a tiempo de evitar un genocidio, porque está seguro de que se trata de eso. Esta parte del acueducto es la que va directo a la distribución al público, donde el agua ya ha sido purificada.

Si Escorpio logra envenenarla, deberán prohibir a la población de Washington D. C. que la utilice, lo cual generaría un caos total y muchísimas muertes. Freddy no tiene idea de cómo podría hacer algo así, ni cuánto veneno se necesita para lograrlo, pero no duda de que si hay alguien capaz de hacerlo, ese es Escorpio. Dio la alerta roja y la agencia de Washington D. C. fue al lugar de inmediato. Le acaban de avisar que siguen allí, pero que no encontraron nada. Freddy teme haber llegado tarde.

Cuando baja del helicóptero, hay un coche esperándolo para llevarlo al lugar. Están a solo cinco minutos. Le avisó a Ainara lo que estaba haciendo para mantenerla al tanto. Ella solo le dijo una cosa:

—Atrapa a ese hijo de perra.

Es lo que pretende hacer. Ya se les escapó en el Metropolitan Opera House, y eso no puede volver a suceder.

Al llegar al acueducto, se encuentra con patrullas en las afueras de la instalación. Enseguida ve venir al jefe Sigfrid del FBI de Columbia.

—¿Jefe Tanaka, verdad? —dice el agente estrechando su mano.

—Jefe Sigfrid —responde Freddy—, es un gusto conocerlo. Gracias por actuar con tanta premura. ¿Todavía no lo encontraron?

—No —responde Sigfrid—. Si puedo ser sincero, al principio pensé que usted estaba exagerando. Pero cuando vi los antecedentes de ese mercenario y su cara entrando a este lugar, decidí tomar todos los recaudos posibles. Ojalá fuera una falsa alarma y todo esto sea en vano, pero prefiero recibir la reprimenda de los directores que dejar que muera media ciudad.

—Hizo lo correcto, jefe —le contesta Tanaka. El jefe Sigfrid le está empezando a caer muy bien—. Gracias por confiar en mí, y no se preocupe, yo asumiré la responsabilidad que me toque.

—Vamos adentro —dice Sigfrid y comienzan a caminar. A él también le comienza a agradar Freddy—. Se cotejó el rostro con el nombre del empleado por el que se hizo pasar y no coinciden, así que no quedan dudas de que es el ruso que se escapó de prisión. Pero además, hice comparar los rostros de todos los empleados que ingresaron hoy y hay otros dos que no coinciden.

—Son sus cómplices —afirma Freddy sin dudarlo—. Nunca trabaja solo. Creemos que es el mismo que asesinó al congresista McArthur, y allí tuvo al menos tres hombres trabajando para él.

—Eso imaginamos —contesta el agente cuando traspasan la puerta de ingreso—. Lo que nos preocupa es que estos dos entraron con un tanque de veinte litros que al parecer traía cloro.

—Allí tienen el veneno —afirma Freddy en una suposición lógica—, pero con solo veinte litros no creo que puedan envenenar a toda una ciudad. Por ese tubo deben pasar miles de litros por minuto.

—Lo mismo pensé yo —explica Sigfrid—, así que consulté con especialistas. Me dijeron que hay un veneno biológico llamado «botulinum». Con veinte litros de esa mierda, podría matar no solo a la gente de Washington D. C., sino de toda la cuenca del Potomac.

El jefe Sigfrid se detiene y Freddy hace lo mismo. Están frente a una veintena de hombres, todos operarios trabajando en la restauración. Freddy los mira como buscando algo extraño en ellos, pero no encuentra nada raro. Parecen trabajadores normales.

—Este acueducto tiene más de cien años —explica Sigfrid—. Las reparaciones son algo de rutina, nadie esperaba un atentado aquí. Siempre se está trabajando en un tramo de la cañería. Estos son todos los hombres que entraron a trabajar hoy, solo faltan los tres sospechosos.

—Por supuesto, no podía ser tan sencillo —añade Freddy—. Veamos dónde son las reparaciones.

—Por aquí —indica Sigfrid y avanzan rodeando unas oficinas.

Caminan hasta que queda a la vista el inmenso acueducto. La mitad está en la superficie y la otra mitad bajo tierra. Al costado se ha excavado para dejar al descubierto parte del acueducto que estaba cubierto.

—¿Ve estas grietas? —Señala el agente—. Me explicaron que es lo que están reparando. No pierde agua ni nada, pero si no las van arreglando a medida que aparecen, tarde o temprano el agua saldrá y será más complicado. Es lo que le digo, Tanaka, algo de rutina.

Freddy camina a lo largo del acueducto, buscando alguna pista. Los tres hombres deben estar ocultos en algún lado o ya habrán hecho lo suyo y huido por alguna salida desconocida.

Freddy entiende que Escorpio vino aquí porque ya no hay más esclusas de emergencia que puedan frenar el correr del veneno. Una vez que lo eche dentro del acueducto, no habrá forma de detenerlo. Ve entonces a un costado, hacia el lugar más apartado, una rejilla grande en el suelo por la que un hombre podría pasar.

—¿Qué es eso? —pregunta Freddy, acercándose a la rejilla.

Sigfrid le hace señas a uno de los operarios, quien debe ser el encargado de la obra. El hombre se arrima a Freddy.

—Eso es un desagüe —explica el operario—. Este es el sector más bajo de la zona, y cuando llueve mucho, el acueducto impide que el agua corra hacia el otro lado. Sin esto, se inundaría.

—¿Me está diciendo que esto sale del otro lado? —pregunta Freddy y Sigfrid resopla, llevándose las manos a la cintura.

—Sí —responde el operario.

Freddy mira a Sigfrid y los dos, al mismo tiempo, se inclinan sobre la reja y la retiran con facilidad.

—Malditos —gruñe Sigfrid, que no lo duda y se arroja primero por el hueco. Se siente burlado y quiere atrapar a los sospechosos por sí mismo.

Bajan por una escalerilla hasta un lugar embarrado con agua hasta los tobillos. Pueden ver la parte inferior del acueducto y, agachándose un poco, pueden pasar por debajo de él. Se detienen y se quedan en silencio. Ven al otro lado del acueducto, de la cintura para abajo, a tres hombres. Están iluminándose con alguna linterna y se oye un ruido como de perforación. Sigfrid y Freddy se miran y sacan sus armas. Tal vez aún están a tiempo de frenar el atentado.

—¡Alto ahí, FBI! —grita Sigfrid.

Dos de los hombres se agachan para mirarlos por debajo del acueducto y, al verlos, les apuntan con pistolas, pero los agentes son más rápidos y les disparan primero. Los dos hombres caen y el tercero desaparece, ascendiendo. Los agentes pasan por debajo del acueducto y escuchan un golpe metálico. Es la reja del otro lado. Intentaron trabarla al huir para detenerlos. Suben por una escalerilla como la anterior y empujan con fuerza. La reja cede. Salen a la superficie y ven a un hombre corriendo hacia el sector más bajo de la pared que mantiene a resguardo el acueducto.

—¡Deténgase! —grita Sigfrid.

El hombre comienza a trepar la pared y suena una alarma. Hay sensores de perímetro.

—Estúpido —mascullá Sigfrid y le dispara.

El tiro parece haber dado en el blanco porque el hombre se tambalea, pero no deja de intentar escapar. Entonces, el agente dispara de nuevo y esta vez el hombre se desploma.

—Idiota —se queja Sigfrid—. Le dije que se detuviera. Ya estoy viejo para estar corriendo.

En ese momento, salen más agentes del hueco en el suelo. Dos de ellos van a buscar al hombre que cayó de la pared. Freddy va con ellos, se acerca y ve que el cuerpo está bocabajo. Se agacha y lo voltea. Ya no hay dudas, es Escorpio y está muerto.

Entonces, recuerda el veneno. Vuelve corriendo al desagüe y baja por la escalerilla.

Hay otros agentes llevándose a los mercenarios malheridos. Si sobreviven, pueden obtener alguna información. Freddy ve el tanque con una manguera delgada en su extremo y un taladro manual a medio insertar en el acueducto. Se acerca a la mecha y nota que no es una común. Además de ser muy larga, es hueca, como si fuera la aguja de una hipodérmica.

—Así iba a inyectar el veneno —se dice a sí mismo.

En ese momento, un fino hilo de agua comienza a salir por la parte trasera de la mecha. Entonces, baja Sigfrid.

—Le vi la cara —dice—. ¿Era el ruso, verdad? Ese hombre no envenenará más a nadie.

—Sí, lo era —contesta Freddy y señala la mecha con el agua—. Pero mire esto, jefe.

Habían llegado a perforar el acueducto. Cinco minutos más y hubiéramos tenido que empezar a contar muertos.

Una vez más, la tragedia ha sido evitada por un margen muy estrecho. Freddy y Sigfrid intercambian una mirada cargada de alivio y preocupación. Han ganado esta batalla, pero la guerra contra la operación Zodiaco está lejos de terminar. Con Escorpio fuera de juego, quedan menos piezas en el tablero, pero los signos restantes no serán menos peligrosos. Seguimos avanzando sin pausa. Cuanto más tardemos, más vidas estarán en peligro. Y el responsable de esta conspiración seguirá un paso por adelante.

15

EL QUE FALTA

Búnker de Andrew, Nueva York
Martes, 7 de diciembre, 4:00 p. m.

El sonido del teclado cesa. Andrew se reclina y pronuncia lo que todos esperaban: uno menos. Pero el aire no se aligera. Al contrario. Algo peor se avecina.

Freddy nos había avisado que iría a Washington D. C. tras la pista de Escorpio. Habían logrado identificar su rostro mediante reconocimiento facial y estaba decidido a capturarlo. Nos encontrábamos reunidos, pendientes de sus novedades. Este incidente no estaba en la lista que teníamos sobre los posibles atentados.

No sabemos cuánto le faltó escribir a Tom, así que desconocemos la cantidad de ataques adicionales que podrían estar planeando. Ese es un detalle crucial que pasamos por alto. Pensábamos que podíamos estar un paso adelante al conocer sus objetivos, pero la lista estaba incompleta, lo que significa que podrían estar tramando mucho más de lo que imaginamos.

Esta vez, habíamos tenido suerte gracias a los recursos del FBI jugando a nuestro favor y a un agente astuto. Se pudo detener a Escorpio. Dudo que algo así vuelva a suceder. Lo único que sabemos es que en la lista mencionaban un ataque a una central hidroeléctrica, pero aún no tenemos información sobre dónde o cuándo ocurrirá. Ruego que sea el último atentado.

—Escorpio está muerto —explica Andrew mientras lee el mensaje de Freddy—. Pretendía envenenar el agua potable de Washington D. C. junto con dos cómplices, pero el «jefe Tanaka» logró evitarlo a tiempo.

—Si Freddy sigue haciendo esas cosas —acota Junior con un tono entre broma y seriedad—, pronto llegará a ser director del FBI.

Eso es verdad. Hace poco fue condecorado por haber evitado una nueva guerra de secesión y ahora está resolviendo casos que sus colegas no logran descifrar. Solo espero que esto sea bien visto por sus superiores y no llame la atención de manera negativa. Siempre el éxito de alguien genera envidias y suspicacias. Puede que haya quien empiece a dudar de dónde obtiene la información.

—¿Alguno de los cómplices sobrevivió? —pregunta Peter con un dejo de esperanza—. Tal vez podamos obtener información por ese lado.

—Uno de ellos sí —responde Andrew con pesar—, pero está internado en estado crítico. No creo que podamos conseguir nada de él.

Cuando no escapan, mueren. Es increíble que no hayamos podido atrapar a ninguno con vida. Desde el comienzo, en el piso de Tom, los camareros del Metropolitan Opera, los matones de Filadelfia, y ahora estos dos del acueducto. No hemos logrado apresar a nadie que hable.

—Los dos asesinos que conocíamos de la operación Zodiaco han muerto —reflexiona Luna, interrumpiendo mis pensamientos—. Queda Leo, el contrabandista y proveedor; Acuario, el hacker; Cáncer, el cerebro coordinador; además del signo desconocido, del cual tampoco sabemos qué función cumple.

—Eso me está preocupando —digo pensativa al retomar el tema—. Porque hasta ahora sabíamos quiénes eran y de qué eran capaces. En cambio, el signo desconocido podría sorprendernos con cualquier cosa. Yo apostaría a que es otro asesino. Dudo que solo dos de ellos fueran capaces de realizar ejecuciones. Sin embargo, aún no tenemos ningún dato sobre su especialidad. La única pista a la que podemos aferrarnos es la de los explosivos.

—Es muy probable que así sea —prosigue Luna con convicción—, porque de lo contrario, la operación Zodiaco se quedaría sin asesinos, y no sé qué tan peligrosos pueden llegar a ser de esa manera. De hecho, un francotirador era alguien que se podía utilizar en múltiples ocasiones, ¿pero un envenenador? No es un asesino tan versátil. El atentado que frustró Freddy quizá fuera lo más importante que tenía asignado Escorpio en esta operación. No creo que hubiera otro plan más grande para él. Eso nos lleva al signo desconocido. Él debe ser quien dé el golpe final, y cada vez queda menos tiempo para descubrirlo.

—Yo estuve investigando sobre mercenarios especialistas en explosivos —comenta Andrew con seriedad—. Hay al menos tres buscados dentro del país y muchos más alrededor del mundo. Por desgracia, a ninguno he podido relacionarlo con un signo del zodiaco.

—No importa —le digo con determinación—. Investiga a fondo a esos tres y pásanos los datos; nombres, rostros, su historia. Si logramos vincular a alguno con cualquiera de los signos que conocemos, de seguro estaríamos en la pista correcta.

—Lo bueno es que ahora son menos —interviene Luna— y tienen menos recursos. Así que mientras Andrew se ocupa de esos mercenarios expertos en explosivos, dejemos de lado al que no conocemos por el momento y vayamos por los otros. Podremos concentrar mejor nuestra búsqueda.

—Con respecto a eso —interviene Andrew de nuevo, demostrando su capacidad de hacer cien cosas a la vez —, creo que tengo algo.

—¿Qué tienes? —pregunto intrigada, sin saber a qué se refiere ahora.

—Tengo a Leo —responde Andrew y todos lo miramos expectantes—. Encontré una cámara de tránsito cerca de donde fue secuestrado Alain. Captó dos camiones que pasaron por allí cerca de la hora en que perdimos contacto con nuestro compañero. Rastreé sus matrículas y entraron a un complejo de bodegas en Filadelfia. Claro que no es algo seguro, pero es lo único que encontré por ahora. ¿Ustedes qué piensan?

Creo que es una pista muy vaga, pero debemos arriesgarnos. La vida de Alain está en juego y no podemos ser quisquillosos con las pistas. Hay que investigar lo que sea. Solo espero que alguno de mis compañeros piense como yo.

—Otra vez Filadelfia —dice Peter, resoplando—. De acuerdo, ¿vamos?

—Por supuesto —respondo sin dudar.

Estaba segura de que Peter pensaría como yo. Confiamos en nuestro hacker, y si él nos da algún dato, aunque sea dudoso, hay grandes posibilidades de que sea certero.

—¿Quieren que vayamos con ustedes? —pregunta Junior poniéndose de pie, dispuesto a acompañarnos.

—No —le respondo con firmeza—, prefiero que no. Lo que —dijo Luna antes vale para ahora también. Si llega a aparecer otra pista, es importante que tengamos una parte del equipo disponible para seguirla. Con Peter nos arreglaremos. Danos la dirección, Andrew. Alain nos está esperando.

16

BAJO CUSTODIA

Oficinas del FBI, Nueva York
Martes, 7 de diciembre, 6:30 p. m.

Luego del tiroteo, atrapar a Escorpio y exponer su plan, Freddy Tanaka debió llenar todo tipo de documentos en Washington D. C. Recién ahora pudo volver en el helicóptero y se sienta tranquilo, al menos por un par de minutos. Tienen que encontrar a Alain y no sabe por dónde empezar. Así que decide seguir donde se había detenido cuando apareció el rostro de Escorpio en el sistema. Freddy toma el teléfono de su escritorio y hace una llamada.

—Agente Fitzroy —dice con autoridad—. Venga un minuto, por favor.

A los pocos segundos, el joven agente entra al despacho con paso enérgico.

—Dígame, jefe —contesta, atento.

—Ya te enteraste de que atrapamos a Escorpio —explica Freddy con un tono de satisfacción.

—Sí, jefe —contesta el agente—. Felicitaciones por ese logro.

—No es necesario que me felicites —dice Freddy con humildad—, tú tuviste mucho que ver en eso.

—Gracias, jefe —contesta el muchacho con una sonrisa de orgullo.

—También sabes que se frustró un atentado al vicepresidente —prosigue Freddy con seriedad— y que el francotirador quizás sea conocido como Sagitario.

—Sí, jefe —contesta el agente—. También escuché sobre eso.

—Mi teoría —continúa Freddy, inclinándose hacia adelante— es que hay un grupo de locos que están realizando atentados. No sé si es al azar o algo bien planificado. Pero lo que me llama la atención son sus nombres.

—¿Signos del zodiaco? —pregunta el perspicaz muchacho.

—Exacto —responde Freddy, complacido por su astucia—. Por eso quiero que busques a todos los mercenarios, asesinos y criminales que usen apodos de ese estilo.

—Perfecto, jefe —contesta el muchacho con entusiasmo—. De inmediato me dedicaré a eso.

—Y hay algo más —agrega Freddy, alzando un dedo—. Tengo una corazonada. También sabes del hackeo a la red eléctrica de Virginia, ¿no?.

—Sí, señor —responde Fitzroy, asintiendo.

—Acabo de recordar que hace como diez años —

sigue explicando Freddy—, un hacker saboteó un acuario muy conocido en California.

—¿Acuario? —pregunta el muchacho, intrigado.

—Sí, acuario —contesta Freddy, sin apartar la mirada.

El agente Fitzroy también permanece mirándolo unos segundos y luego sonríe como si hubiera tenido una revelación.

—Usted cree que aquel hacker y este pueden ser… —dice el muchacho, dejando la frase en suspenso—. No se preocupe, jefe, revisaré los registros sobre aquel suceso, veré el verdadero nombre de ese hacker y buscaré si tiene alguna relación con lo sucedido en Virginia.

Freddy asiente con la cabeza y el muchacho se retira con paso decidido. A Freddy le agrada este agente, está seguro de que encontrará una conexión y podrá anexar a «Acuario» al caso. La operación Zodiaco será algo oficial ahora.

Filadelfia, Pensilvania
Martes, 7 de diciembre, 6:30 p. m.

Llegamos al complejo de bodegas que nos indicó Andrew. No es en Filadelfia, sino en las afueras, una zona que parece desierta. No entiendo cómo Andrew logró ubicar a los camiones en este lugar, pero supongo que debe haber más cámaras de las que imaginamos.

Deberemos andar con cuidado. Peter manejó todo el

camino y me dijo que yo aprovechara para descansar. Intenté hacerlo, pero no pude. Si ya estaba preocupada por Tom, la desaparición de Alain me ha dejado con un nivel de tensión que se hace difícil sobrellevar. Incluso me dieron ganas de tomar un trago. No le dije nada a Peter sobre eso, no quiero que regrese el fantasma del alcohol, ni tampoco preocupar a mi equipo con ello. Sin embargo, hay más de una ocasión, en este tipo de situaciones, que bebería aunque sea una copa. Me encantaría decir que es una etapa superada de mi vida, pero siempre debo estar atenta. Es muy fácil volver a caer.

En esta época del año, a esta hora ya es de noche y el movimiento en las bodegas es nulo. No se ve a nadie. Solo en la entrada del complejo hay un hombre de seguridad. Él se encuentra en su casilla y la puerta está cerrada. Es un señor mayor que, como mucho, está allí para abrir y cerrar, nada más. No creo que pueda amedrentar a nadie y menos a nosotros. Sería sencillo reducirlo y entrar como si nada, pero no creo necesario hacerle pasar un susto así.

Quizás podríamos intentar entrar haciéndonos pasar por agentes, que es algo que siempre funciona, pero el hombre de seguro llamaría a sus jefes y no tendríamos tiempo de revisar todas las bodegas antes de que alguien con autoridad venga a revisar nuestras credenciales. Lo mejor será escabullirnos por algún lado sin ser vistos. No hay muchas más opciones.

Se ven seis edificios grandes sin ventanas al alcance y con un portón al frente, todos iguales. En cualquiera de ellos podrían estar los camiones y, si estamos con suerte, Alain. Decidimos entonces rodear el lugar y buscar otro punto de acceso, uno por el que llamemos menos la atención. El complejo ocupa toda la manzana, así que desde cualquier calle podríamos colarnos.

—Aquí es el mejor sitio —dice Peter luego de que damos dos vueltas al lugar.

Estaciona bajo un árbol a la derecha de las bodegas. En ese tramo del perímetro, hay tres árboles que no permiten que la luz del alumbrado de la calle ilumine la reja que bordea el complejo. Justo antes de bajar, me entra un mensaje de WhatsApp. Luna nos escribe diciendo que han encontrado algo sobre Cáncer y que lo investigarán. Les contesto, escribiendo que vayan con cuidado. Todavía sigue siendo todo un misterio y no sabemos con lo que se pueden encontrar. Al menos, tuve razón en pedirles que se quedaran en el búnker. Cuanto más territorio podamos abarcar, más rápido llegaremos al final de esto. Luna es la mujer más inteligente que conozco. Sin duda, sabrá si debe retirarse a tiempo.

—Esta vez vengo preparado —dice Peter cuando bajamos del coche. No sé qué es lo que quiere decir.

Mientras guardo mi teléfono, Peter camina hasta el maletero y lo abre. Saca un enorme alicate y va hacia el alambrado, decidido. Con rapidez y facilidad, como si estuviera abriendo una lata de sardinas, hace alrededor de diez cortes y el trabajo está hecho.

—Listo —dice mientras verifica que se pueda entrar por allí.

Luego vuelve al vehículo para guardar el alicate, cierra el maletero y regresa satisfecho.

—Estoy grande para andar trepando alambrados —me explica mientras lo vuelve a abrir y lo sostiene con las dos manos para que yo pase—. Además, si debemos salir rápido, tendremos menos problemas.

En ambas cosas estoy de acuerdo, en lo de que estamos grandes y en lo de salir rápido. Además, con los abrigos que llevamos por el frío, hubiera sido complicado andar trepando. Así es más fácil.

Luego sostengo yo la reja para que pase Peter. Entramos por la parte de atrás de los edificios. No hay puerta trasera que podamos abrir, solo hay una enorme pared de concreto. Deberemos ir a hurtadillas por el frente, tratando de que el guardia no nos vea. Rodeamos la bodega que teníamos junto a nosotros y, como una grata sorpresa, encontramos una puerta al costado. Lo miro a Peter, sonriendo.

—Por aquí es mejor que por adelante —me dice, y concuerdo con él—. Un poco de buena suerte siempre es bienvenida.

El frente está iluminado, pero aquí, entre las dos construcciones, seguimos en las sombras y nos podemos tomar el tiempo que necesitemos.

—¿Empezamos por esta? —pregunta Peter, señalando la puerta.

—Da igual —le contesto, alzándome de hombros—, debemos revisar todas las bodegas, así que adelante.

Peter saca sus preciadas ganzúas y en unos segundos la puerta está abierta. Cada vez lo hace más rápido. Saco mi arma y me asomo con cuidado. El lugar está a oscuras. Con la mano izquierda, tomo mi móvil y enciendo la linterna. Peter espera afuera, mirando hacia los lados. Por más que se vea todo muy tranquilo, no debemos descuidarnos. Hay muchas cajas de cartón apiladas. Entro y le toco el hombro a Peter para que me siga.

Debemos echarles un vistazo a esas cajas para revisar su contenido. Pueden haber cambiado los explosivos de embalaje. No dice nada en las cajas sobre lo que tienen dentro. Abro la que tengo más cerca y observo su interior. Hay *jeans*.

—Solo ropa —digo, levantando una de las prendas para enseñársela a Peter.

—Déjame revisar otra —me dice y se aleja.

Mientras yo revuelvo la caja para estar segura de que no hay nada oculto, Peter, también con su linterna encendida, abre otra caja en el extremo opuesto de la bodega. La revisa y vuelve conmigo.

—También ropa —me dice, frustrado—, aquí no hay nada. ¿Quieres que abra alguna caja más?

—No es necesario —le digo—. No perdamos tiempo y vayamos a la siguiente bodega.

Salimos del edificio. Ya sabemos por dónde entrar, así que guardo mi arma y rodeamos el otro edificio por detrás. Vamos directo a la puerta igual a la anterior. Peter la abre y esta vez la revisión es más sencilla. Está vacío. Así que ni siquiera entramos. Cerramos la puerta y, de nuevo por detrás, vamos hasta la bodega que está en el otro extremo. Llegamos a la puerta y, cuando Peter, ya confiado, la va a abrir, lo detengo.

—Cuidado —le digo señalando hacia arriba.

En lo alto están las ventanas que sirven durante el día para que entre la luz. Por allí se ve salir un pequeño resplandor. Si hay una luz encendida, puede ser que haya gente adentro. Peter asiente con la cabeza porque deduce lo mismo que yo.

—¿Crees que sean ellos? —pregunta en un susurro.

Vuelvo a sacar mi arma y la sostengo con firmeza.

—Espero que sí —respondo con determinación—. Crucemos los dedos.

Peter asiente y, con extrema cautela, comienza a forzar la cerradura. Mi corazón late con fuerza mientras la adrenalina recorre mis venas. Si Alain está aquí, no nos iremos sin él. Sea quien sea que esté adentro, tendrá que responder algunas preguntas. Estamos más cerca que nunca de desentrañar este misterio.

17

PROSTITUTAS Y SECRETOS

Harlem, Nueva York
Martes, 7 de diciembre, 6:30 p. m.

Junior entra al búnker con una sonrisa torcida y un dato entre ceja y ceja. No dice nada, pero su mirada lo canta: encontró algo jugoso. Estaba entusiasmado con una pista que había conseguido sobre Cáncer. Luna había dicho que Cáncer era el cerebro de la operación Zodiaco, y que si lo encontraban a él, todo se vendría abajo. Es por eso que Junior quería contar con avidez lo que había descubierto.

—Hace dos días fue visto en un prostíbulo de Harlem —afirmó Junior sin dar tiempo a que nadie le pregunte—. Parece que no solo es un sexópata, sino que prefiere a las mujeres de color.

—¿Cómo averiguaste eso? —preguntó Andrew intrigado.

—Alain no es el único que tiene contactos en el bajo mundo —respondió Junior, sonriendo—. Como sabíamos de la perversión de Cáncer, hablé con algunos informantes que conozco y uno me pasó el dato. No hay muchos vascos en la región que se queden todo un día dentro de un prostíbulo.

Luna se quedó mirando a Junior sorprendida. Ella tiene una afinidad especial con él, pero aquello de que conozca informantes en ese mundo no le agrada nada. En ese momento, Luna se preguntó si Junior era la persona que ella creía conocer. Este desconcierto no fue tanto por la confianza que había depositado en Junior, sino porque había tocado sus habilidades profesionales. Siendo una de las mejores perfiladoras del país, ¿cómo se le había escapado que su compañero anduviera en esas áreas turbias?

Junior pareció comprender el gesto de Luna y se sintió avergonzado, por lo que enseguida aclaró:

—Recuerden que soy abogado. No solo es mi pantalla para conseguir casos, sino que también me sirve para contactar con otro tipo de gente. Si uno quiere tener información de las calles, les aseguro que ciertos ambientes son una fuente inagotable de datos a todos los niveles.

—Mejor no expliques más —dijo Andrew, burlándose de la incomodidad de Junior—. No queremos saber qué haces en tu tiempo libre.

—Además —continuó Luna, siguiéndole el juego a Andrew—, ¿con cuántos informantes de ese tipo estás en contacto?

Junior quiso seguir dando explicaciones, pero tanto

Andrew como Luna comenzaron a reírse. Habían entendido de lo que se trataba y solo bromearon un poco con él.

Fue así que Junior y Luna dejaron el búnker y fueron a Harlem. Durante el recorrido le avisaron a Ainara lo que estaban por hacer y recibieron de ella algunas recomendaciones. Ahora había llegado el momento de actuar. Porque, en el fondo, es lo que Luna tenía en mente, una actuación. Bajan del coche y caminan hacia el burdel.

—Aún no decidimos cómo encarar la situación —dice Junior, que no sabía nada de los planes de Luna.

—Lo haremos como clientes —le explica ella—. Tú irás con una mujer, yo con otra, y preguntaremos con discreción. Para eso trajimos el efectivo.

Junior asiente con la cabeza sin decir nada. Le da un poco de pudor la situación. No es que no haya tenido que lidiar con esos ambientes antes por algún caso, sino que no era algo que frecuentara, pero menos aún, haberlo hecho con una amiga.

Cuando están por entrar, Luna lo toma de la mano. Un hombre calvo, grande y musculoso los detiene en la entrada. Es Luna quien habla.

—Hola, venimos a pasar un buen rato en pareja, a experimentar cosas nuevas.

El hombre grande esboza también una pequeña sonrisa y se hace a un lado para dejarlos pasar. De seguro no es algo que escuche por primera vez. Ellos entran, cruzan unas cortinas negras y se encuentran con el espectáculo completo. Mujeres con muy poca ropa. Algunas toman tragos en una barra, otras caminan coqueteando con hombres que se hallan dispersos por el lugar, y unas más, sentadas sobre clientes en algún sillón. Una mujer rubia, vestida de modo revelador, se les acerca.

—Hola, hacen una muy linda pareja. ¿Buscan compañía para pasarlo bien?

La mujer le acaricia el cabello a Junior y él se sonroja; está cada vez más incómodo.

—Disculpa —dice Luna—, eres muy hermosa, pero buscamos algo más exótico.

—Como gusten, chicos. Que se diviertan.

La mujer les lanza un beso y sigue caminando.

—Recuerda que Cáncer las prefería de tez oscura —dice Luna, estudiándolo a Junior—. Te noto un poco nervioso, tal vez debamos investigar juntos.

Luna descarta la idea de separarse. Comprende que, si Junior hubiera venido con Alain, actuaría distinto, pero que con ella allí se siente cohibido. Hasta cierto punto, se siente halagada. Así que decide que lo harán juntos, solo debe elegir a la mujer correcta.

Echa un vistazo alrededor y observa el paisaje. Por lo que ha leído de Cáncer, tiene una idea de qué tipo de mujer le atrae. Ve una mujer morena muy voluptuosa y no lo duda.

—Ese debe ser el tipo de Cáncer —le dice a Junior sin dejar de mirarla.

La mujer la ve y sonríe. Luna le devuelve la sonrisa y la mujer no tarda ni un segundo en reaccionar. Se levanta de su taburete en la barra y se acerca de inmediato.

—¿Están de luna de miel? Me encantan las parejas aventureras.

—No —contesta Luna—, celebramos nuestro aniversario y queremos alegrar nuestra vida íntima.

—Entonces dieron con la persona indicada. Mi nombre es Sienna. ¿Prefieren algo privado o con más compañía?

—Privado está bien —responde Luna—. Creo que encontramos a la chica perfecta, al menos para empezar.

Las dos mujeres sonríen. Junior sigue mudo, la soltura de Luna lo intimida y, a la vez, está orgulloso de ella.

—Vengan conmigo —dice Sienna—. Tengo un lugar especial para nosotros. La pasaremos muy bien.

Sienna le da la mano a Luna y van los tres hacia un corredor. La morena contornea su cuerpo de un modo seductor, mientras que Luna parece divertirse con la situación. Llegan a una puerta y la mujer la abre. Pasan los tres y Sienna cierra la puerta tras de sí.

—Un poco de música puede ayudar a relajarnos —afirma, encendiendo un equipo de audio.

Comienza a sonar una melodía sensual y ella se mueve con gracia al compás de esta. Luna sonríe y saca de su bolsillo un fajo de billetes de cien. Sienna la mira asombrada. Seguía moviéndose como una serpiente, pero al ver los billetes se detuvo.

—Querida, por todo ese dinero puedes pedirme lo que quieras.

—¿En serio? —pregunta Luna de manera inocente—. Solo me gustaría que me des algo.

—Soy toda tuya. ¿Qué deseas?

—Solo deseo información —responde Luna.

El rostro de Sienna se transforma. Deja de moverse y

los mira con desconfianza. No era la respuesta que esperaba.

—No queremos problemas, Sienna. Estamos buscando a alguien que tal vez conozcas. Si nos dices lo que sabes de él, estos billetes serán tuyos. Será el trabajo más sencillo de tu vida. Toma.

Luna le da un billete de cien para mostrarle que no está bromeando.

—¿Qué quieren saber? —pregunta Sienna mientras verifica que el billete sea bueno.

—Hace unos días vino un vasco al burdel. Estuvo todo el día aquí, de seguro lo debes haber visto.

Sienna vuelve a mirar el fajo de billetes.

—Claro que lo vi, estuvo con varias chicas; no se iba más.

—Bien, eso es por confirmar lo que ya sabíamos. Ahora dinos algo que no sepamos.

—No sé si puedo ayudarlos, no me dijo nada fuera de lo común.

Ni Junior ni Luna estaban interesados en detalles escabrosos.

—¿No hizo referencia a ningún lugar o evento? —pregunta Junior, que ya se siente más cómodo con la situación.

—No a mí, no me dijo nada.

—Okey, tal vez alguna compañera te comentó algo...

Luna levanta los billetes en alto.

—Dinos algo que valga la pena. Ya has visto que somos generosos.

—Hubo dos chicas que le gustaron mucho, y al día siguiente no volvieron.

—¿Las chicas? ¿Crees que se fueron con él?

—No lo creo, lo sé. Una de ellas me dijo esa noche que se había conseguido un buen cliente, refiriéndose al vasco, y que le sacaría mucho dinero. Me dijo que cuando estuviera lista, solo debería llamarlo y la iría a buscar.

Luna comprende que esa mujer debe tener al menos el teléfono de Cáncer para poder contactarlo; eso es bueno. Le tiende el fajo de billetes a Sienna y, cuando ella lo agarra, Luna no lo suelta.

—Esto ya es tuyo, pero dame lo que tengas de esas chicas: teléfono, dirección, lo que sea.

Sienna lo piensa un minuto y luego saca un pequeño móvil del bolsillo trasero. Junior se sorprende de dónde lo tenía guardado.

—No digan que yo se los di —dice enseñando la pantalla—. Esta es una.

Junior saca rápido su móvil y le toma una foto a la pantalla. Está el rostro de la chica con su nombre y número.

—No te preocupes, lo que sucede aquí, queda aquí.

—Y esta es la otra —dice Sienna mostrando de nuevo su móvil.

Junior vuelve a tomar la foto con los datos y la mujer guarda su teléfono. Entonces, le hace a Luna un gesto afirmativo.

—Supongo que aquí terminó nuestro negocio, ¿verdad? —pregunta Sienna algo preocupada.

—Sí, gracias por tu colaboración. Si vuelves a saber algo de esas chicas, no dudes en llamarnos. Habrá más

dinero —dice Luna, dándole una tarjeta con un número
—. Ya nos vamos.

—No, no, esperen por lo menos quince minutos. Si
no, tendré que dar explicaciones. Diré que se divirtieron
un rato, algo rápido.

Luna y Junior intercambian una mirada. Saben que
han conseguido información vital y que cada minuto
cuenta para encontrar a Cáncer antes de que vuelva a
atacar. Pero también entienden la posición delicada de
Sienna. Acceden a esperar unos minutos más, fingiendo
haber tenido un encuentro fugaz.

Mientras tanto, sus mentes ya están maquinando el
siguiente paso. Rastrear a esas dos chicas podría condu-
cirlos al escurridizo cerebro de la operación Zodiaco. La
excitación aumenta ante la perspectiva de estar más
cerca que nunca de atrapar a uno de los signos más
peligrosos.

Pero también son conscientes de que adentrarse en el
oscuro mundo de Cáncer conlleva enormes riesgos. Esas
dos mujeres podrían estar en grave peligro, o incluso ser
cómplices voluntarias. Y un hombre capaz de pasar un
día entero en un burdel saciando sus más bajas perver-
siones no dudará en aplastar a cualquiera que se interponga en su camino.

Luna y Junior deberán ser más astutos y rápidos que
nunca para tejer su red alrededor de Cáncer antes de que
él pueda escapar o contraatacar.

18

SORPRESA EN LA AUTOPISTA

Filadelfia, Pensilvania
Martes, 7 de diciembre, 6:55 p. m.

Salimos del complejo de bodegas por donde entramos, atravesando la reja. Lo hicimos con un sabor amargo en la boca. Andrew había acertado con los camiones, teníamos razón en que Leo había raptado a Alain y habíamos confirmado que estaban movilizando una gran cantidad de explosivos. Sin embargo, habíamos llegado tarde. No logramos averiguar dónde estaban Alain ni Leo, o los explosivos, y menos aún Tom, del que ni siquiera llegamos a preguntar. Estábamos como antes de llegar, no sabíamos nada nuevo. Como mucho, comprobamos lo que ya suponíamos. El tema, si el tipo al que interrogamos no mintió, es que Alain nunca vino a Filadelfia. ¿A dónde fue llevado entonces? No sería de extrañar que lo llevaran con Tom. Si podían mantener a una persona en un sitio oculto, podrían llevar allí a otra más.

Vuelvo a pensar en Cáncer. Tal vez Leo haya atrapado a Alain, pero seguro es Cáncer quien se encarga de mantenerlo cautivo, es más su área de trabajo. Esa idea me revuelve el estómago. Conozco de lo que es capaz ese psicópata y temo por lo que Alain pueda estar pasando en sus garras.

Arrancamos el coche y esta vez me tocó conducir. Teníamos otro par de horas hasta volver a Nueva York. Al ser ya de noche, el tráfico es menor y podemos ir más rápido. Los faros del vehículo iluminan la carretera oscura mientras mi mente no deja de darle vueltas a la situación.

—¿Por qué Filadelfia? —pregunta Peter cuando entramos a la autopista.

—No lo sé —le contesto, no me había hecho esa pregunta hasta ahora. Seguimos una pista, no analizamos su significado—. ¿En qué estás pensando?

—Pienso que Leo —explica Peter—, o Cáncer, si es quien lo planeó, no se tomaría el trabajo de venir hasta Filadelfia solo para cambiar los camiones. No los imagino volviendo con los explosivos a Nueva York, es demasiado rebuscado. Saben que los seguimos y por eso cambiaron de vehículos. Eso está bien, lo comprendo. Pero salir de un estado, cambiar de vehículos y luego volver al estado anterior me parece una pérdida de tiempo y recursos innecesaria.

—Creo que te entiendo —le digo mientras analizo la lógica de Peter, y me parece que tiene razón—. Estás diciendo que si volvemos a Nueva York, solo nos estaremos alejando de los explosivos y tal vez de Alain.

—Es muy probable que así sea —me contesta Peter—. Al menos con los explosivos, ya que sabemos que Alain nunca llegó aquí. Apostaría a que él no salió de Nueva York, pero es solo una suposición. El secuestro de Alain fue algo fortuito, no estaba planeado. En cambio, lo de los explosivos sí, ya tenían la logística armada. Alain fue secuestrado en Queens y Tom en Brooklyn. Si están juntos, deben seguir en Nueva York.

—No sabemos dónde volverán a atacar —digo siguiendo el razonamiento de Peter—. Pero sabemos que sacaron los explosivos de Nueva York y los trajeron a Filadelfia. Podrían utilizarlos aquí o en algún otro estado cercano. Quizás Filadelfia solo les quedaba de camino a su verdadero destino y aprovecharon para cambiar de vehículo.

—Tienes razón —afirma Peter, pensativo—. Si lo que suponemos es acertado, tenemos que tomar una decisión: volver a Nueva York y seguir buscando a Alain, o quedarnos aquí y continuar tras la pista de los explosivos. No podemos estar en los dos lugares a la vez.

Muerdo mi labio inferior, sopesando nuestras opciones. La idea de abandonar a Alain me desgarra por dentro, pero sé que Peter tiene razón. Debemos priorizar.

—Tal vez sea mejor que pasemos la noche aquí —digo al fin, tomando una decisión—. Sobre Alain no tenemos ni idea de dónde se puede hallar, pero de los explosivos... Le pediremos a Andrew que investigue y, si surge algo, estaremos más cerca de la acción que en Nueva York.

—Luna y Junior están allí —dice Peter mientras busca su teléfono—. Si hay alguna novedad de Alain, ellos se encargarán. Ahora llamaré a Andrew para ponerlo al tanto de todo.

—Está bien —prosigo—, pero primero debemos buscar un motel lejos de las bodegas y deshacernos de este coche. Hicimos suficiente ruido para que el guardia del complejo haya llamado a la policía. En este momento deben estar descubriendo los cadáveres y no tardarán en identificar nuestro vehículo por alguna cámara del perímetro. Aquí no tenemos a Freddy para que nos cubra.

—Bien —me responde Peter—, le pediré entonces a Andrew que nos consiga un vehículo para mañana.

Un coche irrumpe en mi espejo retrovisor, pegándose al parachoques como un depredador que huele sangre. Su cercanía amenazante me pone en alerta.

—Tengo un imbécil atrás —digo con fastidio—. Me cambiaré de carril para que nos pase y no moleste.

Me paso sin prisa al carril de la derecha, dejando el pase libre. El coche comienza a acercarse para rebasarnos. Cuando está justo a nuestro lado, miro a quienes van dentro, pensando que de seguro son jóvenes imprudentes que creen que es divertido correr carreras.

Pero entonces veo que el acompañante saca una escopeta por la ventanilla.

—¡Demonios! —exclamo y clavo los frenos.

El coche se tambalea y Peter casi se golpea con el vidrio del frente. Pero logro controlar el vehículo y vuelvo a acelerar. Mi corazón late desbocado.

—¿Qué sucede? —pregunta Peter, que estaba mirando su móvil y no entiende nada.

—Están armados —le explico señalando el coche que nos rebasó.

Advierto que cambia de carril y se pone delante nuestro como queriendo frenarnos. Peter deja el teléfono y empuña su ametralladora. No hay mucho que averiguar, solo debemos defendernos. Quizás después podamos hacer preguntas.

Yo sostengo el volante con la mano derecha y con la izquierda saco mi Magnum para apuntarles por la ventanilla.

—Los tenemos cubiertos —digo con determinación—. En cuanto veamos que asoma un arma, los llenamos de agujeros.

Entonces, observo que otro coche viene por atrás a toda velocidad y nos embiste. El impacto me sacude con violencia.

—¡Mierda! —exclama Peter dándose vuelta para mirar a nuestros agresores.

De pronto, ya no puedo maniobrar con el coche. El de atrás me empuja y yo choco contra el de adelante como si fuera el jamón entre dos rebanadas de pan. Estamos atrapados en la carretera, a merced de estos matones.

—Estos idiotas no saben con quién se metieron —gruñe Peter enfurecido—. No salimos de un tiroteo para dejar que nos disparen primero. Yo le doy a los de atrás, tú a los de adelante.

Asiento con la cabeza. Disparo con la zurda, forzando la puntería, pero igual puedo hacer mucho daño. Veo a Peter sacar medio cuerpo por su ventanilla. Empieza a descargar sus ráfagas sin ningún reparo.

Yo comienzo a disparar hacia adelante y, al segundo tiro, les hago estallar el cristal trasero. Por el espejo retrovisor veo que el parabrisas del vehículo que nos persigue también ha estallado y comienza a apartarse hacia el costado izquierdo, alejándose de la vista de Peter.

El coche de adelante acelera para tomar distancia. Recién entonces comienzan a devolver el fuego. Peter vuelve a meter su cuerpo dentro del vehículo y ahora dispara por la ventanilla hacia adelante, que es de donde nos atacan. El coche de atrás parece estar intentando recuperar el control. Peter les ha hecho mucho daño.

—Creo que tienen dos escopetas —digo y sigo disparando.

Nuestro parabrisas también estalla y me cubro el rostro como puedo. Las astillas golpean todo mi cuerpo. Entonces, ajusto el volante con la izquierda y, con la diestra, recupero la Magnum, lista para contraatacar. Ahora, sin el parabrisas, puedo apuntar con mi mano buena.

Escucho tiros que vienen desde atrás y la luneta trasera también se hace añicos. Los del coche que nos persigue han vuelto al ataque.

—Me cansaron —le digo a Peter—. Como dijiste antes, tú a los de atrás, yo a los de adelante.

Mientras suenan disparos a nuestro alrededor, Peter se acomoda en su asiento mirando hacia atrás y apunta con la ametralladora con toda la calma del mundo. Yo hago lo mismo, apuntando hacia adelante. Un disparo vuela nuestro espejo retrovisor.

—Malditos —digo entre dientes—. Se acabó.

Comienzo a disparar un tiro tras otro a todo lo que se mueve en el coche que tenemos delante, mientras que

Peter hace lo mismo con el de atrás. Solo se escuchan estruendos dentro de nuestro vehículo. El olor a pólvora inunda mis fosas nasales.

Veo cómo el coche de adelante empieza a desviarse, pero no dejo de disparar. Disminuye la velocidad, así que lo embisto con furia. El coche gira y sale despedido a un costado de la carretera.

No veo el vehículo que viene detrás porque ya no tengo espejo retrovisor, pero de pronto escucho una explosión ensordecedora y nuestro coche se sacude con violencia. Veo que Peter se vuelve a acomodar a mi lado, con el rostro ennegrecido por el humo.

—Ya está —me dice con una sonrisa torcida—. ¿En qué estábamos?

A pesar del peligro mortal que acabamos de sortear, un estallido de risa brota de mí, fruto del asombro y el vigor del momento. Peter y yo hacemos un gran equipo, sin duda. Pero la alegría dura poco. Estos matones no nos atacaron por casualidad. Alguien nos ha seguido la pista desde las bodegas.

La operación Zodiaco acaba de elevar las apuestas. Ya no se trata solo de frustrar sus planes, sino de sobrevivir también para lograrlo.

19

CAZADORES CAZADOS

Cuando nos liberamos de nuestros perseguidores, caímos en cuenta de que el guardia del complejo no era tan inocente como parecía. En lugar de llamar a la policía, avisó a los mercenarios, por eso nos dieron alcance tan rápido. No había otra explicación para lo que sucedió. En pocos minutos nos habían localizado y tomado por sorpresa. Si no se hubieran demorado tanto en comenzar a disparar, hubieran acabado con nosotros.

Esto me dice que aún no saben con quién están tratando. Si hubieran sabido, habrían disparado apenas nos tenían a su alcance. La otra posibilidad era que sí supieran quiénes éramos y su intención era capturarnos con vida. Al haber atrapado a Alain, ya deberían haber deducido que se trataba de mi equipo. Si el Anillo está detrás de esto, como suponemos, que nos quisieran capturar con vida no suena tan extraño. En todo caso, nos subestimaron. Nadie le apunta a Ainara Pons con una escopeta y vive para contarlo. Al menos, nunca sucedió hasta ahora.

Le pedimos a Andrew que verifique lo que se supo del complejo y su respuesta fue contundente: nadie denunció el tiroteo ni los cadáveres a las autoridades. Es decir, que además de perseguirnos, mandaron gente a hacer limpieza en las bodegas e hicieron desaparecer los cuerpos. Esto confirmaba que la operación Zodiaco no se trataba solo de seis mercenarios y sus cómplices, había mucha gente implicada y mucho dinero apoyándolos. De nuevo todo señalaba al Anillo.

Ahora, mientras avanzábamos por la carretera, nos tocaba a nosotros hacer desaparecer cosas. El coche en el que íbamos era una especie de anuncio ambulante para llamar a la policía. No teníamos parabrisas ni luneta trasera, y la carrocería se veía como un colador. Los coches que pasaban a nuestro lado disminuían la velocidad para vernos. No podíamos seguir así. Es por eso que un par de kilómetros después del tiroteo, salimos de la carretera, entramos a un camino poco transitado y abandonamos el vehículo.

—¿Ahora hacia dónde? —preguntó Peter mirando hacia ambos lados del camino desierto.

—Cruzamos una parada de autobús cerca de aquí —respondí.

Caminamos entonces unos minutos hasta encontrar la parada que había visto. Una vez que tomamos el autobús, sin saber ni siquiera hacia dónde se dirigía, «googleamos» un motel que quedara de paso y allí nos bajamos. Estaba decidido que esta noche no volveríamos a Nueva York.

—Esos mercenarios llegaron muy rápido —le digo a Peter apenas ingresamos a nuestra habitación—. Tenías razón con eso de que no habían vuelto a Nueva York. Quisiera saber qué pretenden hacer en Filadelfia.

—Supongo que Andrew nos dará una gama de posibilidades al respecto —responde Peter mientras se quita los zapatos, se sienta en la cama y apoya su ametralladora en la mesa de luz—. Lo siento, Ainara, pero no estoy para seguir haciendo análisis. Hoy hemos seguido pistas falsas, secuestraron a Alain, manejamos cientos de kilómetros y participamos en dos tiroteos. Creo que es momento de que descansemos. Si sucede algo, sonarán nuestros teléfonos. Mientras tanto, aprovechemos para dormir.

Termina de decir eso y se recuesta en su cama, agotado. Supongo que de nuevo tiene razón. De nada sirve seguir realizando especulaciones. En cuanto alguien del equipo sepa algo, nos mensajeará. Me quito el abrigo, voy a mi cama, me saco las botas y me recuesto.

—Peter —le digo—, apaga la luz, por favor.

⁂

Bronx, Nueva York

Martes, 7 de diciembre, 7:45 p. m.

· · ·

La mujer del burdel les había dado a Luna y a Junior lo más que podían obtener, y lo habían conseguido en el primer intento. No era para estar festejando, pero tampoco para desanimarse. Ambos sabían que cualquier pista, por mínima que fuera, podía acercarlos a su objetivo: encontrar a Cáncer. Si hallaban a las dos prostitutas, ellas les dirían dónde habían estado con Cáncer. Era de suponer que el hombre no tendría un piso para divertirse y un lugar distinto para «trabajar».

Luna comprende que este tipo de gente tiene un centro de operaciones donde viven, planean, ejecutan y se divierten. Si conseguían ese dato, la ubicación de Cáncer, necesitarían refuerzos. Por el momento, no tenían las direcciones de esas mujeres, por lo que aún no se acercaban tanto a Cáncer como para llamar a la caballería. Sin embargo, con los nombres y teléfonos que obtuvieron en el burdel, esperaban que Andrew hiciera su magia.

Fue por eso que lo primero que hicieron al salir del prostíbulo fue comunicarse con él y pasarle toda la información.

—¿Qué sabes de Ainara? —le preguntó luego Junior a Andrew.

—Eran los camiones correctos —contestó Andrew—, pero no había rastros de Alain o los explosivos. Decidieron quedarse en Filadelfia porque creen que Leo se encuentra más cerca de allí que de Nueva York.

Luna y Junior no podían ayudarlos en nada desde donde se encontraban, y tampoco podían recibir los refuerzos que necesitaban, así que decidieron ir a comer a un restaurante a la espera de que Andrew consiguiera una dirección. Luego decidirían qué hacer con Cáncer si lograban ubicarlo.

No debieron aguardar mucho. Andrew les dijo que no pudo rastrear los teléfonos porque estaban apagados, pero les pasó la dirección de una de las chicas del burdel, Bella Thompson. La mujer vivía en un barrio peligroso del Bronx, y hacia allí se dirigieron.

Apenas entraron a la zona se dieron cuenta de que Andrew tenía razón, el lugar era peligroso. Se podían ver grupos de muchachos en las calles. Era imposible saber si eran amigos charlando o pandilleros tramando algo. Más de uno miró su coche pasar con desconfianza. Estaba claro que no pertenecían a ese lugar, como si hubieran bajado de la autopista en una salida equivocada y se hubieran metido en la boca del lobo.

Llegan a un edificio antiguo de cuatro plantas. El piso de Bella se encuentra en la segunda. La puerta de entrada al edificio está abierta, así que no tienen problema en ingresar. El elevador no funciona, por lo que deben subir por la escalera. Al ascender, se cruzan con rostros que no se muestran amigables, pero tampoco les dicen nada. Parece ser que cada uno allí hace lo suyo y nadie se mete con nadie. Todos saben en ese barrio que cualquiera puede ser peligroso.

Al llegar al segundo piso, se acercan a la puerta veintiséis y golpean.

—¿Quién es? —Se escucha la voz de una mujer al otro lado de la puerta.

—Buenas noches —responde Luna, que piensa que recibirá mejor respuesta si habla ella—. Estamos buscando a Bella Thompson.

—Váyanse —grita la mujer, siempre con la puerta cerrada—. Si no vienen con una orden, no le abriré a ningún puto policía.

Luna y Junior se miran. No era el recibimiento que esperaban, aunque tampoco sabían con qué se toparían.

—No somos policías —contesta Luna, pensando en lo que está por decir—. Somos investigadores privados y buscamos a Bella porque creemos que está en grave peligro. ¿Es usted Bella?

Se hace un silencio. Luego se abre un poco la puerta, hasta lo que permite una cadena de seguridad, y se asoma una mujer morena de unos cuarenta y cinco años. Los mira de arriba abajo con suspicacia. Parecen investigadores privados, así que la mujer los tantea.

—¿Qué peligro corre ahora esa estúpida? —pregunta con desconfianza.

—Se la ha visto asociada con un mercenario peligroso —responde Luna viendo que la mujer, a pesar de sus modales, muestra interés—. La gente que se acerca a ese hombre no termina bien. Por eso queremos encontrarla.

—Esta puta de mierda siempre se mete en problemas —dice la mujer muy enfadada—. Hace dos días que tiene su teléfono apagado. No tengo idea de dónde está. Si la encuentran, díganle a mi hija que mandaré a mis nietos a un orfanato, que yo no soy su puta sirvienta.

La mujer cierra la puerta de un golpe. Luna y Junior se quedan parados ahí afuera sin reaccionar.

—No sé cuántas veces —dijo la palabra puta —comenta Junior—, pero creo que aquí no obtendremos más información.

—Coincido contigo. Es una «puta» pérdida de tiempo —dice Luna, tratando de poner algo de humor mientras mira la puerta cerrada—. Esperemos a que Andrew consiga la información de la otra chica, pero dudo que la encontremos. Tal vez sea suficiente por hoy. Quizás mañana tengamos más suerte.

Ambos bajan las escaleras y vuelven a cruzarse con rostros hostiles. Uno de los hombres, que los ve venir, le sonríe a su compañero y se les para adelante, interrumpiendo el paso.

—Este no es un lugar para paliduchos como ustedes —dice el hombre mientras corre su chaqueta, enseñándoles una pequeña pistola.

Junior y Luna se miran.

—Es verdad —dice Junior, que entonces abre también su abrigo. Para sorpresa de Luna, ve que su compañero vino armado hasta los dientes. Tiene una escopeta recortada a un costado y una pistola de gran calibre al otro—. Por eso traje esta y esta, para no tener problemas.

—Lo siento —dice Luna, sacando una pistola más pequeña y mostrándola como si fuera un juguete—. Yo solo traje esta pequeñita. Me hubieran avisado que era una competencia y hubiera venido armada en serio.

El hombre sonríe y levanta las manos.

—Es verdad —dice—. Tu novio ganó esta competencia. La próxima vez vendré preparado.

El hombre se aparta. Junior quiere salir de allí cuanto antes. No quiere que haya una próxima vez.

—Tal vez tengas razón, Luna —le dice mientras bajan las escaleras a toda prisa—. Quizás mañana tengamos más suerte. Aparte, de día, las cosas parecen menos peligrosas.

Llegan al coche sin más incidentes, pero con la adrenalina aún corriendo por sus venas. Había sido una noche intensa y frustrante. Las pistas que consiguieron con tanto esfuerzo se estaban esfumando en el aire. Bella Thompson parecía haberse desvanecido de la faz de la Tierra, y su madre, al parecer, no tenía idea, ni le importaba, dónde estaba.

Mientras Junior conduce de regreso al búnker, Luna no puede dejar de pensar en las implicaciones siniestras de la desaparición de Bella. ¿Acaso Cáncer ya se había encargado de ella? ¿O la tenía cautiva en algún lugar, sometiéndola a horrores inimaginables?

Un escalofrío recorre su espalda. Sabe que cada minuto que pasa juega en contra de la vida de esas mujeres. Y tal vez de Alain también. La frustración se mezcla con la urgencia en su pecho. Deben encontrar a Cáncer antes de que sea demasiado tarde. Antes de que haya más víctimas en su sádico juego.

Pero el Bronx no les ha dado las respuestas que buscaban. Solo callejones sin salida y amenazas veladas. Deberán redoblar esfuerzos, pensar fuera de la caja, anticipar los movimientos de un psicópata. El fracaso no está permitido. No cuando hay vidas inocentes en riesgo.

La noche se cierne sobre «la ciudad que nunca duerme», ocultando en sus sombras a depredadores y presas por igual. Y en algún lugar en medio de ese laberinto urbano, Cáncer acecha, esperando su próximo movimiento.

ECOS DE BALTIMORE

Brooklyn, Nueva York
Miércoles, 8 de diciembre, 11:00 a. m.

El móvil vibra en la mesa mientras Luna termina de revisar su informe. No es una llamada cualquiera. Es la que pone en marcha el próximo movimiento. Anoche, luego de salir del Bronx, cada uno volvió a su piso. Andrew no había conseguido todavía la dirección de la otra mujer del burdel y no tenía sentido seguir esperando y volver al búnker. Era mejor descansar.

Luna, hacía un par de meses, había dejado su piso en Washington D. C. y se había mudado a Brooklyn. Al no trabajar más de manera constante para la CIA y no tener que ir todos los días a la agencia, decidió que era mejor estar más cerca del resto del equipo, que tenía como sede el búnker de Andrew en Manhattan.

Esta mañana, Luna aprovechó para realizar algunas

labores domésticas y ordenar sus cosas, sobre todo las laborales. Cuando Ainara la convocó hacía unos días por la desaparición de Tom, no había tenido tiempo de hacer nada. Si bien la prioridad era siempre el equipo y sus trabajos, la mayoría de los miembros del grupo tenía una vida aparte con diferentes responsabilidades.

Ella, por ejemplo, tenía pendiente un trabajo de perfiladora para la CIA. Aunque no fuera una empleada permanente, la seguían necesitando como consultora externa. La CIA conocía muy bien sus habilidades y no podía perder un elemento tan importante, por eso le pedían trabajos con una relativa continuidad. Su informe ya estaba casi terminado, pero aprovechó esa mañana para darle los últimos toques y enviarlo.

No era una fuente de ingresos muy grande, pero tampoco era despreciable, y le servía para justificar las ganancias que tenía gracias a los trabajos pagos que conseguía como parte del equipo de Ainara. En esta ocasión, tanto la búsqueda de Tom como ahora la de Alain no rendirían frutos económicos, por lo que le venía bien entregar su informe a tiempo y cobrarlo. No era la primera vez que con Ainara debía trabajar sin cobrar, era parte de las reglas. A veces lo hacían por patriotismo o a veces para ayudar a un amigo, como era este caso. Por eso no estaba de más tener un trabajo aparte.

—Hola, Luna —la saluda Andrew cuando ella atiende su móvil.

—Andrew —responde Luna— ¿Cómo estás? ¿Tienes alguna novedad?

—Bien. Tengo novedades, creo que encontré a la otra chica.

—Perfecto —responde Luna, que ya terminó todo lo que debía hacer y está libre para seguir tras Cáncer—. Ya lo llamo a Junior y vamos por ella.

—No te preocupes por eso —explica Andrew—. Ya le avisé a Junior y va camino a tu casa. Él tiene los datos, solo quería avisarte para que estés lista.

—Muy bien —responde Luna—. En cinco minutos estaré preparada. ¿Dónde la encontraste?

—Costó ubicarla porque no tiene nada a su nombre —explica Andrew—. Vive en un piso prestado en Harlem. Es de un proxeneta que le da la habitación a cambio de que trabaje un par de veces a la semana para él. Lo descubrí porque la chica encendió su teléfono durante cinco minutos para llamarlo. No pude rastrear la llamada, pero escuché que le pedía disculpas por no haberle avisado antes, pero que estaba cobrando mucho dinero y que le daría su parte. A partir de ahí, solo uní cabos. El proxeneta tiene varios lugares en donde aloja a sus chicas. Averigüé uno por uno y encontré el de la nuestra: Morelia Johnson.

—O sea —dice Luna—, que Morelia quizá sigue con Cáncer.

—Imagino que sí —responde Andrew—. Debe ser él quien le está pagando mucho dinero, pero tal vez encuentren algo en su casa. Por lo que te —dijo la chica del burdel, primero pasarían por allí para buscar algo de ropa. No sé, tal vez haya suerte.

Luna cuelga el teléfono, sintiendo una mezcla de esperanza y aprehensión. Al fin tienen una pista concreta, un lugar donde buscar respuestas. Pero también sabe que adentrarse en el territorio de Cáncer es como caminar por un campo minado. Cada paso debe ser calculado, cada movimiento, cauteloso.

Mientras se prepara para salir, su mente no deja de trabajar. ¿Qué encontrarán en el piso de Morelia? ¿Alguna pista sobre el paradero de Cáncer? ¿O solo más callejones sin salida? La incertidumbre la carcome por dentro, pero se obliga a mantener la calma. Debe confiar en sus habilidades y en las de su equipo. Juntos han resuelto casos más complejos que este. Y esta vez no será diferente.

El timbre suena, sacándola de sus pensamientos. Debe ser Junior. Toma su abrigo, su arma y sus herramientas de trabajo, lista para sumergirse una vez más en las turbias aguas del submundo criminal. Lista para enfrentar a la bestia en su propia guarida.

<hr>

Oficinas del FBI, Nueva York
Miércoles, 8 de diciembre, 11:00 a. m.

—Jefe Tanaka —dice el agente Fitzroy desde la puerta del despacho de Freddy, que está abierta.

—Sí, agente —le contesta Freddy y le hace una seña para que entre—. ¿Qué sucede?

—Estuve investigando al hacker del acuario —le informa el joven, acercándose al escritorio y dejándole una carpeta.

Freddy lo recoge y mira la foto del hacker y su nombre, Jonathan Atkins. Freddy piensa que el agente ha hecho bien su trabajo, al menos, confirmó lo que había descubierto Andrew. Ahora necesita saber si encontró algo que valga la pena.

—Bien —le dice—, hazme un resumen.

—Sí, jefe —responde el agente—. Se llama Jonathan Atkins y parece haberse mantenido limpio desde el incidente del acuario. Sin embargo…

—¿Sin embargo qué, agente? —pregunta Freddy.

—Sin embargo, estudié su perfil psicológico —explica Fitzroy—, y no varía mucho del de otros hackers que comienzan desde adolescentes. Hackear es como una adicción para ellos, es muy extraño que no lo haya vuelto a hacer. Yo me atrevo a decir que lo ha seguido haciendo, aunque nunca lo atraparon. Se ha mudado un par de veces de ciudad y ha habido en ellas casos de hackeo sin resolver. Desde hace cinco años trabaja en seguridad informática para una empresa importante. Ya sabe, estas empresas suelen reclutar exhackers para hacer ese trabajo.

—Está bien, agente —lo interrumpe Freddy—, pero hasta ahora no me has dicho nada que me sirva, solo tienes suposiciones.

—Tal vez esto le resulte más interesante entonces —prosigue el joven—. Hace un mes renunció a ese trabajo, que era estable y bien remunerado, y se estableció en Virginia, el estado en el que fue hackeada la red eléctrica. Luego de eso, salió de Virginia y voló hacia Nueva York. No encontré su ubicación allí, pero hace dos días salió en un vuelo a Baltimore. Si llega a haber otro hackeo importante en la zona, apostaría a que se trata de él.

—Gracias, agente Fitzroy —dice Freddy, pensativo —. Buen trabajo. Tengo algo más para ti.

—Dígame, señor.

—Tengo a alguien más a quien quiero que investigues —explica Freddy—. Se llama Xavier Larraín, es un mercenario vasco que está en nuestro país y es posible que use el seudónimo de Cáncer.

—¿Cáncer? —pregunta el agente Fitzroy—. Sagitario, Escorpio y ahora Cáncer. ¿De qué se trata, jefe?

—No lo sé todavía —responde Freddy—, pero lo he llamado operación Zodiaco. Mercenarios apodados como signos y quizás actuando de manera coordinada, no puede ser casualidad. Ingresaré este caso con ese nombre. Todo lo que sabemos de los cuatro signos, deberás vincularlo a este caso.

—Lo siento, señor —dice el agente—. No entiendo. Solo tenemos tres signos: Sagitario, Cáncer y Escorpio. ¿Cuál es el cuarto?

—El hacker, Fitzroy —explica Freddy—. Ese es Acuario. Y además, busca a cualquier otro mercenario más que se apode con un signo del zodiaco. Todo lo agregas al mismo caso. ¿Comprendes?

—Perfecto, jefe —responde Fitzroy.

El agente se va de la oficina y Freddy se queda pensando que podría haberle dicho también de Leo, pero si este muchacho es tan inteligente como parece, lo descubrirá por sí solo. ¿Qué podría querer Atkins en Baltimore? Está seguro de que Acuario realizará su ataque allí.

En ese momento, se le ocurre algo. Toma su móvil y busca un mapa. Confirma algo que ya sabía: que a mitad de camino entre Nueva York y Baltimore se encuentra Filadelfia, donde se hallan Ainara y Peter, y por donde pasaron los explosivos con un destino desconocido.

—¿Y si el destino de los explosivos es el mismo que el de Acuario? —se pregunta a sí mismo.

Es solo una suposición, pero lo llamará a Andrew para contarle. Quizás él encuentre una conexión. ¿Qué podrían hacer un hacker y tantos explosivos juntos en Baltimore?

La respuesta que se forma en su mente es escalofriante. Un ciberataque combinado con un ataque físico podría ser devastador. Paralizar sistemas críticos mientras se siembra el caos con explosiones... El potencial destructivo es enorme.

Freddy siente un escalofrío recorrer su espalda. Si sus sospechas son ciertas, la operación Zodiaco está a punto de dar su golpe más audaz hasta ahora. Y Baltimore podría ser solo el comienzo.

Toma su teléfono y marca aprisa el número de Andrew. Deben adelantarse a los planes del enemigo, descifrar su próximo movimiento antes de que sea demasiado tarde. El destino de miles de vidas inocentes podría estar en juego.

Mientras espera que Andrew responda, Freddy ya está planeando su próximo paso. Quizás sea hora de involucrar a más agencias, de pedir refuerzos, de elevar el nivel de alerta. Porque si sus temores se confirman, estarán enfrentando una amenaza de proporciones inimaginables. Una amenaza que podría cambiar el curso de la historia.

DUELO INVISIBLE

Harlem, Nueva York
Miércoles, 8 de diciembre, 11:30 a. m.

Harlem amanece con resaca y recelo. Luna y Junior cruzan el umbral de una calle que huele a peligro, sabiendo que lo importante está detrás de una puerta cerrada. A pesar de la infructuosa búsqueda de la noche anterior, saben que no pueden rendirse. Sus compañeros, Ainara y Peter, están varados en Filadelfia, esperando alguna novedad que pueda ayudarlos a avanzar en el caso.

Luna observa el vecindario con ojo crítico, buscando cualquier señal de actividad sospechosa. Los transeúntes parecen mirarlos con recelo, como si pudieran oler que no pertenecen a ese lugar. Junior, por su parte, mantiene la mano cerca del arma, listo para cualquier eventualidad.

Al fin, llegan al edificio donde vive Morelia Johnson. Es una estructura de ladrillo rojo, con la pintura descascarada y las ventanas cubiertas por rejas oxidadas. Estacionan el coche en la acera opuesta y bajan, atrayendo de inmediato, las miradas hostiles de un grupo de jóvenes que merodean en la esquina.

—Estaba equivocado —comenta Junior con un rastro de inquietud en su voz—. De día se ve tan peligroso como de noche.

Luna ignora su comentario y se dirige con determinación hacia la entrada del edificio. La puerta principal está entreabierta, mal sujeta a sus goznes. Sin perder tiempo, suben las escaleras hasta el primer piso, donde se encuentra la puerta número ocho.

Junior toca el timbre, pero no se escucha ningún sonido. Intenta golpear la puerta, pero el silencio al otro lado es sepulcral. Luna, impaciente, le hace un gesto para que se apresure.

—Ábrela de una vez —ordena, mirando con tensión por encima del hombro—. No quiero pasar más tiempo del necesario en este lugar.

Con un suspiro, Junior saca su juego de ganzúas y se pone a trabajar en la cerradura. En cuestión de segundos, la puerta cede con un clic y ambos entran de inmediato al piso, cerrando la puerta detrás de ellos.

Es una sorpresa que el interior sea pequeño y desordenado. Una cama individual ocupa la mayor parte de la habitación, flanqueada por una mesa repleta de juguetes sexuales a la izquierda y un perchero con lencería provocativa a la derecha. El aire está cargado con un fuerte olor a perfume barato y cigarrillos.

—No hay mucho que ver aquí —observa Junior, echando un vistazo alrededor.

—Tal vez —responde Luna, acercándose al perchero—. ¿Ves esas perchas vacías? Y hay otra en la cama. Parece que la información del burdel era cierta. Morelia vino a buscar sus cosas antes de irse.

Mientras Junior revisa el baño en busca de más pistas, Luna hurga en una cajonera desvencijada, encontrando una colección de prendas de cuero, esposas y látigos. Su mente trabaja a toda velocidad, tratando de reconstruir los eventos.

—Tal vez no la estaban esperando abajo —reflexiona en voz alta—. Quizás tuvo que llamarlos para que vinieran a buscarla. En ese caso, el teléfono de Morelia podría tener el número de Cáncer o de sus cómplices. Eso sería de gran ayuda para Andrew.

—Creo que puedo facilitarle aún más las cosas a nuestro hacker —anuncia Junior, saliendo del baño con un trozo de papel en la mano—. Mira lo que encontré pegado en el espejo.

Luna toma el papel y lo examina. Hay un número de teléfono garabateado en él, junto con la palabra «pichón» subrayada varias veces. Una sonrisa de satisfacción se dibuja en sus labios.

—Pichón. Así es como llamaban a Cáncer en el burdel —recuerda—. Buen trabajo, Junior. Con esto, Andrew tendrá algo sólido para investigar.

—Será mejor que nos vayamos —sugiere Junior, echando un último vistazo al piso—. No creo que encontremos nada más aquí.

Salen del edificio con la misma cautela con la que

entraron, pero al pisar la acera, se encuentran con una desagradable sorpresa. Los mismos bravucones que habían visto al llegar ahora están apoyados en su coche, bloqueándoles el paso.

—No otra vez —se queja Junior, llevando la mano a su arma.

Luna lo imita, y ambos apuntan a los muchachos con expresiones amenazantes. Los jóvenes, al verse superados en número y armamento, levantan las manos en señal de rendición.

—Vamos, no tengo tiempo para esto —advierte Junior con un tono de voz que no admite réplica—. Háganse a un lado.

Los muchachos obedecen a regañadientes, apartándose del coche. Junior y Luna suben sin demora y arrancan, dejando atrás el peligroso barrio. Mientras se alejan, Luna mira a su compañero con una mezcla de sorpresa y admiración.

—De verdad, metías miedo allá atrás —comenta.

Junior esboza una sonrisa irónica y responde:

—El que tenía miedo era yo.

BÚNKER DE ANDREW, Nueva York
Miércoles, 8 de diciembre, 11:40 a. m.

EN LA PENUMBRA de su búnker, Andrew se afana frente a una pared de monitores, sus dedos vuelan sobre el teclado con velocidad y precisión sobrehumanas. La llamada de Freddy sobre Acuario y la ruta de los camiones ha puesto en marcha una frenética búsqueda de posibles objetivos en Baltimore.

El desafío parece insuperable: encontrar la conexión entre Acuario, los explosivos que Leo había traído, el misterioso signo y los planes de Cáncer. Demasiadas variables, demasiadas incógnitas para llegar a una conclusión definitiva.

Frustrado, Andrew se recuesta en su silla, frotándose los ojos cansados. Bob, el leal rottweiler de Ainara, lo observa con curiosidad desde su rincón, como si pudiera sentir la tensión que emana de su temporal cuidador.

De repente, una idea surge en la mente de Andrew. En lugar de perderse en especulaciones, decide enfocarse en lo que saben con certeza: el último objetivo pendiente en la lista de Tom, la central hidroeléctrica.

Con renovada determinación, vuelve a sumergirse en la red, sus ojos recorren la información que aparece en las pantallas. En cuestión de minutos, localiza la única central eléctrica en las inmediaciones de Baltimore.

—Bien —murmura para sí mismo—. Al menos, es un punto de partida.

Pero incluso mientras lo dice, otra posibilidad se abre paso en su mente. ¿Y si el ataque no fuera en Baltimore? Maryland alberga varias centrales eléctricas, incluso algunas nucleares, que podrían ser objetivos mucho más devastadores.

Ampliando su búsqueda, Andrew confirma sus sospechas. Hay múltiples lugares que podrían ser blanco de un ataque, y el tiempo se agota para investigarlos todos.

—Piensa, Andrew, piensa —se ordena a sí mismo, tamborileando los dedos sobre el escritorio.

Entonces, se le ocurre una idea. Si los explosivos están siendo transportados en camiones, tal vez haya imágenes de esos vehículos entrando a las centrales. Es una posibilidad remota, pero vale la pena intentarlo.

Estudia el mapa de las centrales, tratando de determinar por dónde empezar. Siguiendo la lógica de Freddy, se enfoca en la ruta más directa desde Filadelfia hasta Baltimore. La central de Conowingo es la más cercana a esa trayectoria.

—De acuerdo, veamos qué encontramos —dice Andrew, infiltrándose en el sistema de seguridad de la central.

Revisa con detenimiento los registros de entrada y salida, pero no hay rastro de camiones sospechosos. Dejando esa ventana abierta, abre otra para buscar cualquier personal desconocido que haya ingresado a la central en las últimas horas.

Y entonces, algo llama su atención en la primera pantalla. La lista de ingresos programados ha cambiado de repente, mostrando un nuevo ítem que no estaba allí hace apenas un minuto. Un cargamento de la empresa Cancerbero S. A. está programado para llegar en media hora.

—Mierda, no te me escaparás —exclama Andrew con el corazón acelerado.

No hay duda: Acuario está hackeando el sistema al mismo tiempo que él. Es una carrera contrarreloj para ver quién puede adelantarse al otro.

Mientras busca el punto de entrada de Acuario, Andrew llama a Ainara por el intercomunicador.

—Ainara, escucha —dice en cuanto ella responde—. Van a atacar la central de Conowingo. Los camiones de Cancerbero S. A. llegarán en media hora. Si salen ahora, podrán interceptarlos a tiempo.

—Entendido, Andrew —responde Ainara con determinación—. Vamos para allá.

Cortando la comunicación, Andrew vuelve a concentrarse en su duelo virtual con Acuario. Siguiendo el rastro del intruso, localiza la fuente del ingreso de Cancerbero S. A.: un ordenador en las oficinas administrativas de la central.

Al examinar más de cerca, descubre un código sospechoso, una especie de troyano. Con un poco de esfuerzo, logra penetrar en él y descubre una conexión oculta a Internet.

—Te tengo, maldito —murmura Andrew, siguiendo la pista hasta un nodo en Baltimore—. Un hacker hackeando a un hacker. Esto se pone interesante.

Pero justo cuando cree que está a punto de alcanzar a su adversario, la señal se desvanece. Acuario ha detectado su presencia y está borrando todas las huellas de su intrusión.

—No, no, no —masculla Andrew, tecleando sin parar en un intento de recuperar el rastro—. No te me escaparás así de fácil.

Pero es inútil. Acuario ha cerrado todas las puertas, dejando a Andrew con las manos vacías. Frustrado, golpea la mesa con el puño, sobresaltando a Bob.

—Se me escapó —admite con amargura—. Maldito Acuario.

Sin embargo, no está dispuesto a darse por vencido. Si no puede atrapar al hacker, al menos puede sabotear sus planes. Con una idea formándose en su mente, vuelve a infiltrarse en el sistema de Conowingo.

Su plan es simple pero efectivo: borrar a Cancerbero S. A. de la lista de ingresos y luego encriptar toda la base de datos para que nadie pueda hacer cambios. Si los camiones no pueden entrar, el ataque fracasará.

Pero cuando intenta acceder a la lista, se encuentra con un muro infranqueable. Acuario se le ha adelantado, encriptando la base de datos antes de que Andrew pudiera hacer su movimiento.

—No puede ser —murmura incrédulo, recostándose en su silla—. Me ha ganado de mano.

Con el tiempo agotándose y Acuario siempre un paso adelante, Andrew se enfrenta a la terrible posibilidad de que quizás no pueda evitar el inminente ataque. La tensión es palpable en el aire mientras continúa la desesperada carrera contra el reloj.

2 2

———

CONVERGENCIA

Filadelfia, Pensilvania
Miércoles, 8 de diciembre, 11:50 a. m.

—Hicimos bien en quedarnos aquí —le digo a Peter en cuanto termino de hablar con Andrew—. La central hidroeléctrica de la lista de Tom está confirmada como objetivo. Los explosivos van hacia allá. Se llama Conowingo y está en Maryland. Debemos salir de inmediato, los camiones aún no han llegado.

Llevábamos despiertos desde temprano, esperando que Andrew o Freddy nos dieran una pista que seguir. Sabíamos que Luna y Junior iban tras la otra chica, pero nosotros, aquí varados, comenzábamos a sentirnos impotentes y a dudar de nuestra decisión de quedarnos en Filadelfia. Por eso, la llamada de Andrew fue un verdadero alivio.

—Bien, vamos —responde Peter mientras busca la ubicación en su móvil—. Espero que no esté muy lejos.

Nos ponemos los abrigos y guardamos las armas. Aprovechamos la mañana para limpiarlas y recargarlas, así que estamos listos para la acción.

—Lo ubiqué —anuncia Peter, abriendo la puerta de la habitación—. Tenemos más o menos una hora de viaje.

—Perfecto —contesto mientras nos dirigimos hacia el coche—. Según Andrew, los camiones llegarán en media hora. Con suerte, estaremos a tiempo para frustrar sus planes.

—Ojalá sea así —dice Peter, mirando su móvil mientras abre el coche—. Aquí dice que es la central más importante del estado. Si llegamos tarde, esta parte del país quedará a oscuras por mucho tiempo.

—Entonces no hay tiempo que perder —agrego, subiendo al vehículo—. Los atraparemos con las manos en la masa.

BÚNKER DE ANDREW, Nueva York
Miércoles, 8 de diciembre, 12:15 p. m.

APENAS TERMINÓ de maldecir por haber sido derrotado por Acuario, Andrew recibió una llamada de Luna. Ella le contó lo sucedido en Harlem y le pasó el teléfono del «pichón». Si tenían suerte, localizarían a Cáncer y todo esto terminaría rápido. Si, como afirmaba Luna, Cáncer era el cerebro de los mercenarios, una vez capturado, el resto del grupo no sabría cómo proceder y la operación Zodiaco se desmoronaría.

Andrew se puso manos a la obra sin perder tiempo. No tardó en rastrear el número. Ese móvil, en efecto, había sido contactado por Morelia el último día que fue vista. Tampoco le sorprendió descubrir que el teléfono se encontraba en Maryland, con exactitud, en Baltimore. Dudó unos instantes. Peter y Ainara estaban en la zona, pero ya tenían una misión que cumplir. Se trataba de explosivos, lo cual era una prioridad. Debía volver a hablar con Luna.

—Luna —dice Andrew en cuanto ella atiende el móvil—, no vengan hacia acá.

—Estamos llegando —responde ella—. ¿Qué sucede?

—Ubiqué el teléfono —informa Andrew.

—Excelente —contesta Luna, complacida—. ¿Dónde lo encontramos?

—En Baltimore —responde Andrew.

—¿En Baltimore? —Se escucha gritar a Junior por el teléfono.

—¿No está Ainara cerca de allí? —pregunta Luna.

—Sí —confirma Andrew—, pero ellos van tras los explosivos. El atentado será en la central de Conowingo. Tuve una pequeña batalla con Acuario y perdí, pero pude identificar el ataque. Ainara se encargará de eso. Ustedes vayan por Cáncer, tienen como tres horas de viaje.

—Okey —dice Luna—. Vamos hacia allá.

Luego de colgar, mira a Junior.

—No me veas así —le dice—. Ya cambié de rumbo. Todos a Maryland. Baltimore, allá vamos.

—Tal vez Freddy pueda enviar refuerzos —sugiere Peter mientras conduce.

—Tienes razón —respondo.

Nos vendría bien que el FBI haga su trabajo en lugar de hacerlo nosotros por ellos. De inmediato, llamo a Freddy.

—Dime, Ainara —contesta Freddy al atender.

—Estamos yendo a la central eléctrica de Conowingo en Maryland —le explico—. Andrew descubrió que los explosivos están en camino hacia allí. ¿Crees que puedas hacer algo?

—¿Tienen alguna evidencia con la que pueda trabajar? —pregunta Freddy.

—No —admito—. Andrew lo supo hackeando el sistema de la central.

—Okey —dice Freddy—. Sin algo concreto, será difícil movilizar al FBI. Pero déjenme ver qué puedo hacer. ¿Están yendo hacia allá?

—Sí —confirmo—. En media hora o cuarenta minutos llegamos.

—Bien —responde Freddy—. En cuanto tenga algo,

les aviso. Llamaré a la oficina de Maryland, algo se me ocurrirá.

Después de cortar la comunicación, Peter me mira de reojo.

—Estamos solos, ¿verdad? —pregunta.

Me gustaría decir lo contrario, pero lo veo difícil. Confío en que Freddy hará todo lo que esté a su alcance, aun así dudo que pueda hacerlo. Así que le digo la verdad.

—Estamos solos.

Peter asiente con expresión seria. El coche acelera por la carretera, llevándonos cada vez más cerca de nuestro destino.

Todo a nuestro alrededor parece tensarse mientras nos preparamos para lo que nos espera.

Sin el apoyo del FBI, todo depende de nosotros. Debemos detener a los terroristas antes de que sea demasiado tarde.

23

MINUTOS PARA IMPACTAR

Conowingo, Maryland
Miércoles, 8 de diciembre, 12:50 p. m.

La central se alza frente a nosotros como un gigante dormido, una imponente represa que atraviesa el Susquehanna junto a la Conowingo Road, la ruta que cruza este río. Nos detenemos cerca, pero a una distancia prudencial. A pesar de ser la principal fuente de energía del estado, la construcción parece vieja y abandonada. Un portón de reja permite ver lo que hay del otro lado. Todo parece estar en orden.

—¿Cómo procedemos? —pregunta Peter, observando la entrada—. ¿Entramos a punta de armas?

—Creo que no tenemos otra alternativa —respondo, evaluando la situación—. No tenemos ninguna excusa para presentarnos, y el tiempo apremia.

El móvil vibra sobre el salpicadero. Es Freddy.

—Hola, Ainara —dice al otro lado de la línea—. Hablé con la agencia de Baltimore, pero no me tomaron muy en serio. Les avisé sobre un posible atentado a la central, basándome en lo dicho por un informante.

Me preguntaron de inmediato si contaba con pruebas, tuve que admitir que no, pero insistí en que esta persona era confiable. Me respondieron que enviarían un par de agentes a investigar, y ya deben estar en camino. En el mejor de los casos, llegarán en una hora.

—No creo que dispongamos de tanto tiempo, Freddy —le respondo, preocupada.

—Lo sé —contesta Freddy—, pero al menos les conseguí una forma de entrar. Uno de los agentes que va hacia allá se llama Angela Robinson. Acabo de llamar a la central eléctrica y avisé que los agentes Robinson y Bennett iban en camino. Es lo máximo que pude hacer.

—Has hecho más que suficiente, Freddy —le agradezco, consciente de que siempre se esfuerza por facilitarnos las cosas—. Ahora podremos entrar sin levantar sospechas. Gracias.

Me despido de Freddy y asiento con la cabeza mirando a Peter, quien ha escuchado la conversación. Tenemos claro qué hacer. Nos acercamos con el coche hasta la entrada, donde ni siquiera hay una cabina de seguridad. Peter toca la bocina y esperamos. Un hombre mayor sale del edificio y camina hacia nosotros con paso lento.

Peter me mira con incredulidad.

—Cualquiera podría entrar aquí —comento, asombrada—. Es el objetivo más vulnerable del mundo.

El hombre se detiene junto a la reja.

—Buenos días —saluda, observándonos con curiosidad.

—Buenos días —responde Peter, sacando su placa por la ventanilla del coche—. Somos del FBI, agentes Robinson y Bennett.

El hombre hace una señal con la mano y nos abre el portón con parsimonia. Peter podría haberle mostrado una placa de los Power Rangers y nos hubiera dejado entrar igual. Ingresamos con el vehículo y nos detenemos a un costado. El hombre se aproxima mientras bajamos.

—¿En qué puedo ayudarlos? —pregunta, mirándonos con atención.

—Estamos buscando unos camiones —explica Peter—. Recibimos informes de que transportaban materiales ilegales y se dirigían hacia aquí.

—Aquí no hay ningún camión —responde el hombre, negando con la cabeza—. Hace diez minutos se marcharon dos que traían material para reparar una parte de la represa, pero eso es todo.

Peter me mira con un gesto de frustración por haber llegado tarde.

—Cuénteme más sobre esos camiones —insisto, tratando de obtener más detalles.

—Eran camiones normales —explica el hombre—. Descargaron las cajas aquí mismo y luego se fueron.

—¿Qué pasó con las cajas? —pregunta Peter, frunciendo el ceño.

—Una docena de operarios que venían en los camiones se encargaron de transportarlas —responde el hombre, encogiéndose de hombros.

—¿Y luego? —insistió, sintiendo la urgencia crecer dentro de mí.

—Luego se fueron los camiones —responde el hombre, hablando despacio como si no lo estuviéramos entendiendo.

—¿Y los operarios? —inquiere Peter, cada vez más impaciente.

El hombre duda un instante, mira hacia la puerta del edificio y se rasca la cabeza.

—No lo sé —admite—. No volvieron a salir. Voy a preguntar adentro.

—Nosotros vamos con usted —declaro, siguiéndolo de cerca.

Mientras caminamos tras el hombre, que no muestra ninguna prisa, mi móvil vuelve a sonar. Es Andrew.

—Hola, Ainara —dice al contestar—. Junior y Luna van tras la pista de Cáncer. Se dirigen hacia Maryland.

—¿Vienen hacia aquí? —pregunto, esperanzada.

—No —responde Andrew—. Van hacia Baltimore. Llegarán en aproximadamente dos horas. Te aviso por si pueden coordinar y encontrarse.

—Nos vendrían bien aquí —contesto—, pero no llegarán a tiempo. Que sigan con lo suyo y después vemos.

Corto la llamada justo cuando entramos al edificio. El hombre camina hasta una oficina y se asoma a la puerta, dirigiéndose a otro que está sentado en un escritorio.

—Hey, Greg —lo llama—. ¿A dónde llevaron el material los operarios de hace un rato?

Greg lo mira y luego nos observa a nosotros. Vuelve la vista a su escritorio, revuelve unos papeles y nos mira de nuevo.

—Creo que iban a las turbinas grandes —responde, tratando de recordar—. Dijeron que iban a arreglar una rajadura o algo así, nada de qué preocuparse.

—Díganos por dónde fueron —le pido al hombre que nos había recibido.

—Sí, fueron a las turbinas grandes —confirma, empezando a preocuparse—. Son las que están al final de la instalación. ¿Está pasando algo?

—Esperemos que no —respondo con seriedad—. Pero si escuchan disparos, llamen a la policía y váyanse de aquí.

El hombre se nos queda mirando mientras empezamos a caminar con paso acelerado en la dirección indicada.

—Si la seguridad del lugar es así —comenta Peter mientras avanzamos—, escogieron el sitio perfecto.

Explosivos y una represa, una combinación peligrosa. Tal vez deberíamos pedirles que evacuen el lugar, pero si es como pensamos, en cuanto empiecen los tiros, todos saldrán corriendo.

—Creo que en lugar de arreglar unas rajaduras —le digo a Peter con un mal presentimiento—, las van a hacer.

Apresuramos el paso. El destino de la central hidroeléctrica y de innumerables vidas está en nuestras manos. Debemos detener a los terroristas antes de que sea demasiado tarde.

No hablamos mientras nos adentramos en las entrañas de la instalación, listos para enfrentar lo que sea que nos espere al final del camino.

24

BAJO PRESIÓN

Conowingo, Maryland
Miércoles, 8 de diciembre, 1:05 p. m.

El eco de nuestros pasos resuena en el túnel como si la estructura nos advirtiera que no avancemos. Pero ya es tarde para dar marcha atrás. Hemos avanzado bastante, pero cada paso nos adentra más en el corazón de la trampa. Hasta ahora nadie ha venido tras nosotros, lo que solo incrementa mi inquietud. Entonces, una sombra se cruza en nuestro camino. Era un hombre armado, pero no lo suficientemente rápido.

Antes de que saque su pistola, ya he actuado. Giro su brazo con fuerza, lo inmovilizo y le propino una patada en la rodilla que lo hace desplomarse al suelo. Un crujido seco confirma que no se pondrá de pie pronto. Su rostro está contorsionado por el dolor, pero eso no le impide intentar arrastrarse para escapar. Cuando se da cuenta de que es imposible, levanta la vista hacia nosotros, desesperado.

—No me dejen aquí —gime, suplicante—. Llévenme con ustedes. Esto va a estallar.

Me acerco, pero no bajo la guardia. Peter observa en silencio, está listo para reaccionar si es necesario.

—¿De qué hablas? —le pregunto, mi voz es como el filo de un cuchillo.

—Han puesto bombas en las turbinas —añade entre jadeos—. Cuando exploten, todo se vendrá abajo.

Miro a Peter. Teníamos razón: quieren volar el complejo. Por eso nadie se molesta en detenernos. Las turbinas son el punto más vulnerable del lugar, y su destrucción podría causar un desastre de proporciones inimaginables. Ahora debemos decidir si intentamos detener las detonaciones o buscamos la salida. Peter me devuelve la mirada, buscando una respuesta.

—¿Arriba o abajo? —pregunta con una calma que casi me irrita.

Arriba está la salida. Abajo, los explosivos.

—Nunca hemos dejado de intentarlo —respondo, encogiéndome de hombros como si la decisión fuera obvia.

—Abajo entonces —dice con una ligera sonrisa.

El hombre herido gime de nuevo, esta vez con más urgencia.

—Esperen —implora—. Por favor, no me dejen aquí.

Peter lo mira con frialdad y responde sin detenerse.

—Deberías haber elegido otro trabajo.

Continuamos avanzando. Aunque ya hemos neutralizado a varios enemigos, nadie parece estar persiguiéndonos. Eso solo puede significar que las explosiones están programadas para muy pronto. Tenemos que alcanzar las turbinas antes de que sea demasiado tarde. Aunque las posibilidades son pocas,

Descendemos al nivel inferior. Este extremo de la central hidroeléctrica alberga cuatro turbinas principales. Si destruyen cualquiera de ellas, el caos se extenderá por todo Maryland, afectando millones de vidas. Corremos por un pasillo largo y desolado. Las luces parpadean, lanzando sombras ominosas que parecen cobrar vida. Entonces, Peter me detiene con un gesto brusco y señala hacia el techo. Sigo su señal y veo una pequeña cámara de seguridad que gira con lentitud hasta enfocarnos.

—Bueno —murmuro—. Por si quedaba alguna duda de que ya nos vieron.

Saco la Magnum y disparo. El estallido resuena en el corredor y la cámara explota en pedazos

—No me gustan los fisgones —comento mientras guardo el arma.

—Sigues teniendo buena puntería —dice Peter con una media sonrisa—. Vamos.

Bajamos por una escalera de concreto. El sonido de motores y agua corriendo se intensifica con cada paso. Cuando abrimos la puerta, la escena frente a nosotros me deja momentáneamente sin aliento. La sala es enorme, dominada por una turbina colosal que ruge en el centro. Bajo ella, el agua del río fluye con una fuerza indomable. Pero lo que en realidad me congela es la cantidad de explosivos distribuidos por toda la estructura. Se tomaron el trabajo muy en serio. Esto no es solo un sabotaje; es una declaración de guerra.

De repente, una alarma ensordecedora invade el espacio. Una voz autoritaria resuena por los altavoces.

—Evacúen el lugar. Esto no es un simulacro. Evacúen.

Los dispositivos en los explosivos se activan al unísono. Pequeñas luces rojas parpadean mientras un cronómetro digital comienza su cuenta regresiva. Quedan sesenta segundos. Tomo la mano de Peter y la aprieto con fuerza.

—No hay tiempo —digo, mirándolo a los ojos—. Hagamos lo que podamos.

Peter asiente. Lo más probable es que terminemos volando en pedazos, pero si desactivamos suficientes explosivos, tal vez salvemos la central y arruinemos los planes de los atacantes. Nos soltamos y comenzamos a correr hacia los dispositivos. Agarro el primero, cierro los ojos y arranco el cronómetro. Respiro aliviada al ver que no explota. Hay esperanza. Paso al siguiente. Quedan cincuenta segundos.

Arranco cronómetros como loca, sin detenerme. Cada explosivo desactivado me da una pequeña luz de esperanza. Peter hace lo mismo al otro lado de la sala. Cuarenta segundos. Mi corazón late como un tambor mientras busco más. Treinta segundos. La pila de explosivos desactivados crece a nuestro alrededor. Veinte segundos. Encuentro los últimos, corro hacia ellos y los desarmo. Peter también ha terminado. Quedaban diez segundos.

Entonces, la voz en los altavoces cambia. Es fría, burlona.

—Buen intento —dice—. Pero solo desactivaron los

explosivos de una turbina. Con que estalle la siguiente, será suficiente. Hasta nunca.

Una explosión cercana sacude el suelo. Luego otra, más fuerte. El techo comienza a ceder. Fragmentos de concreto caen como una lluvia mortal. Miro a Peter. Ya no hay salida. Las explosiones se suceden, y el mundo entero parece derrumbarse sobre nosotros. En ese instante, solo puedo pensar en una cosa: ojalá haya valido la pena.

2 5

CORRIENTE ASESINA

Conowingo, Maryland
Miércoles, 8 de diciembre, 1:30 p. m.

El agua me traga. No pienso, no calculo. Solo lucho. Golpes, remolinos, la asfixia. Y una chispa de instinto que me obliga a seguir moviéndome, atrapada en una turbulencia interminable que me hace dar vueltas en el agua oscura. Algo golpea mi pierna, empujándome, y por un instante logro emerger, tomando una bocanada de aire antes de ser arrastrada de nuevo hacia las profundidades. Ese breve momento en la superficie me permite orientarme, y nado con determinación, alejándome de la turbulencia y los escombros. Hasta que miro a mi alrededor, buscando a Peter.

—Ainara. —Escucho a mis espaldas, y me doy la vuelta.

Peter me tiende una mano y la tomo sin dudar.

Comienza a arrastrarme cada vez más lejos de los escombros y el oleaje provocado por los derrumbes de la represa.

Cuando estábamos allí dentro y las explosiones comenzaron a retumbar, nos dimos cuenta de que no había forma de salir por donde entramos. El techo empezó a venirse abajo, bloqueando la puerta de salida, y tuvimos que pensar rápido. La única alternativa era el río. El agua salía con fuerza de la turbina, pero en la segunda explosión, esta se detuvo. Con Peter nos lanzamos al agua, esperando que ni el concreto ni la turbina nos cayeran encima. Salimos despedidos, como disparados por hidropropulsión, pero hacia abajo, hacia las profundidades del río. Luché contra la corriente hasta que la suerte me sacó a flote.

Peter, al ver que estoy menos desorientada, me suelta. Nadamos manteniéndonos lejos de la pared de la represa, conscientes de que el oleaje podría golpearnos contra el concreto y dejarnos inconscientes, hundiéndonos sin remedio.

Debemos llegar a la costa, que está lejos, y estoy agotada. Pero primero, tenemos que pasar cerca de las turbinas más pequeñas, lo que podría ser un problema. Las miro hacia adelante y veo que dejan de escupir agua. Se han detenido. Echo un vistazo hacia atrás y observo que toda la zona de la central en la que estuvimos ya no existe; el edificio se ha venido abajo.

Nadamos frente a las otras turbinas, rogando que no las enciendan. Es entonces cuando me doy cuenta de que el abrigo se ha vuelto muy pesado y está dificultando mi avance. Me lo quito y sigo con más facilidad. Alcanzo a

Peter y lo rebaso. Él acelera y se pone a mi lado; estaba nadando más despacio para esperarme.

No tardamos mucho en llegar a la orilla, donde subimos gateando entre el lodo y las plantas. Nos echamos bocarriba, exhaustos. Me doy cuenta de que ya no me quedan fuerzas. Empiezo a temblar; hace mucho frío y estoy empapada. Peter me abraza y, a pesar de que también está completamente mojado, el calor de nuestros cuerpos nos reconforta. Permanecemos así unos minutos, recuperando el aliento. A lo lejos, escuchamos las sirenas. Policías, bomberos y ambulancias comienzan a llegar. Nos ocultamos entre los matorrales junto al río.

—Si pudiéramos llegar a nuestro coche... —dice Peter, buscando la forma de acercarnos sin ser vistos.

—Olvídalo, Peter —le digo, tomándolo del brazo—. Ya deben estar llegando los verdaderos agentes. Nos pedirán explicaciones que no podremos dar.

—¿Entonces? —pregunta Peter, mirando a nuestro alrededor como si buscara una respuesta, algo que nos ayude a salir de aquí.

—De alguna forma, debemos comunicarnos con Andrew —le digo mientras suelto su brazo y saco mi móvil del bolsillo. Lo veo apagado. Intento encenderlo, pero nada—. Esto ya no sirve.

—Bueno —dice Peter, tendiéndome la mano; estamos acuclillados entre los arbustos—, debemos caminar.

Le tomo la mano y nos erguimos. Estoy muerta de frío y mis pies se entierran en el lodo a cada paso.

—Primero, busquemos una tienda —le digo,

sintiendo que el suelo comienza a estar más firme—. Necesitamos ropa y algo caliente.

—Diablos —exclama Andrew, viendo por televisión el atentado a la estación hidroeléctrica de Conowingo.

Un helicóptero muestra imágenes de la parte de la represa que ha desaparecido. De inmediato, Andrew intenta comunicarse con Ainara y Peter, pero no obtiene respuesta. Teme lo peor. Llama entonces a Junior y Luna para avisarles lo que está sucediendo, pero tampoco logra contactarlos. Se pone de pie y camina frente a sus ordenadores, pensando en qué puede hacer.

Las noticias informan que las cuatro turbinas principales están fuera de funcionamiento por tiempo indeterminado. Dos de ellas fueron totalmente destruidas, y las otras han sido dañadas. Los técnicos están evaluando el problema para dar un informe público con el tiempo aproximado que se tardará en repararlas. Mientras tanto, las turbinas más pequeñas en el otro extremo de la represa se detuvieron por seguridad, para hacer un análisis de daños. El noticiero indica que esperan reactivarlas en minutos. Es por esto que casi todo el estado de Maryland ha quedado sin luz.

A Andrew se le ocurre que la red de móviles puede haber caído por la falta de energía y se vuelve a sentar.

Empieza a buscar en las redes y descubre que, en efecto, las antenas y repetidoras de Maryland se apagaron, dejando al estado sin telefonía ni Internet. Ya se están activando fuentes alternativas de electricidad, y las comunicaciones volverán a ponerse en línea de a poco. Suena el móvil de Andrew, y corre a atenderlo. Espera que sea Ainara, pero no, es Freddy.

—No me puedo comunicar con nadie —dice Andrew—. ¿Sabes algo?

—Los agentes del FBI de Maryland estaban llegando a la estación cuando se produjeron las explosiones —explica Freddy—, así que su jefe me llamó de inmediato para decirme que tenía razón. Quería averiguar de dónde había sacado esa información. Le dije que era parte de un caso más grande llamado operación Zodiaco, pero que por el momento no podía darle detalles. Le pregunté qué habían averiguado y me —dijo que todo era muy confuso. Que la gente de la estación había recibido a dos agentes del FBI antes de que llegaran los que ellos mandaron.

—Ainara y Peter —lo interrumpe Andrew.

—Exacto —confirma Freddy y prosigue—. Estos supuestos agentes alertaron a los empleados de que algo podía estar sucediendo con unos operarios que teóricamente iban a arreglar una sección de la central. Pronto comenzaron a escuchar disparos, llamaron a la policía y dieron la orden de evacuar la central. Luego vinieron las explosiones y todo se descontroló. Ahora le están tomando testimonio a los testigos.

—¿De Ainara y Peter no saben nada? —pregunta Andrew con creciente preocupación.

—Nada todavía —responde Freddy—, pero encontraron varios cadáveres en el camino de supuestos operarios, que estaban armados hasta los dientes. No saben quiénes son.

—Okey —dice Andrew, tratando de calmarse—. Ainara y Peter se enfrentaron a los mercenarios y los vencieron, hasta ahí vamos bien. Ahora debemos averiguar si sobrevivieron a las explosiones.

—Las fuerzas de la Policía y los bomberos están buscando sobrevivientes en el río —informa Freddy—. Mientras no haya ningún cuerpo, para mí, siguen con vida.

Andrew asiente, aferrándose a esa esperanza. Sabe que Ainara y Peter son fuertes y astutos, pero la incertidumbre lo carcome. ¿Habrán logrado escapar de la mortal trampa tendida por los terroristas? ¿O acaso sus cuerpos yacen en algún lugar del río, esperando ser encontrados?

Mientras las autoridades buscan frenéticamente sobrevivientes entre los escombros, Andrew se afana en recuperar las comunicaciones. Cada minuto cuenta, y la falta de noticias de sus amigos lo llena de angustia. Sin embargo, se niega a rendirse. Seguirá luchando, buscando respuestas y manteniendo viva la esperanza de que Ainara y Peter hayan burlado a la muerte una vez más.

El destino de Maryland, y quizás de todo el país, está en peligro, mientras, Andrew y Freddy se aferran a la tenue posibilidad de que sus compañeros sigan con vida.

26

LA PIEZA QUE FALTA

Baltimore, Maryland
Miércoles, 8 de diciembre, 2:30 p. m.

Baltimore se alza silenciosa y a oscuras, como si ya supiera que algo está por estallar. Junior y Luna van en el coche que avanza sin detenerse por calles vacías y semáforos muertos.

—Ya tengo señal —anuncia Luna, viendo las llamadas perdidas de Andrew.

Le marca de inmediato para obtener información, aunque está convencida de que el atentado a la central hidroeléctrica no ha podido ser detenido. Su principal preocupación es saber si Ainara y Peter están a salvo. Andrew confirma sus sospechas.

—Todavía no he tenido contacto con Ainara —agrega Andrew—. Tal vez puedan ir hacia allá para ver si averiguan algo.

Luna duda por un instante, tentada a aceptar la sugerencia de Andrew. Quiere encontrar a sus amigos con desesperación. Sin embargo, responde con pragmatismo.

—Estamos llegando a la dirección que nos diste —explica—. Podemos atrapar a Cáncer, o incluso salvar a Alain y a Tom. Ir a buscar a Ainara a ciegas no tiene sentido. Confiemos en que hayan podido escapar y que se comuniquen pronto. Los iremos a buscar en cuanto terminemos con esto.

Andrew guarda silencio por un momento, a veces molesto por la frialdad con la que procede Luna. No obstante, rápidamente comprende que tiene razón. ¿Qué podrían encontrar ellos en Conowingo que no descubra primero la policía? Lo mejor es continuar con el plan.

—Okey —dice al fin Andrew—, manténganme al tanto. Yo les aviso si tengo alguna novedad.

Al terminar la llamada, Junior mira a Luna mientras conduce.

—A veces hay que tomar decisiones difíciles, ¿verdad? —comenta, volviendo la vista al frente.

—Desde lo emotivo, sí —contesta Luna—. Pero desde la lógica, estamos haciendo lo único que podemos hacer. Intentar algo distinto puede hacernos sentir mejor por un momento, pero luego nos daríamos cuenta de que no sirvió para nada y nos sentiríamos peor.

Junior asiente con la cabeza, no del todo convencido, pero reconociendo el valor de tener una compañera con las ideas más claras que él. Aunque a veces lo asusta un poco, le gusta Luna.

Llegan al lugar indicado, un pequeño edificio de dos pisos cerca del centro de Baltimore. Luna no imagina a

Cáncer en una oficina de un edificio comercial; sería más probable que hubiera alquilado un edificio entero como este, para no cruzarse con curiosos en los pasillos. Estacionan unos metros más adelante y descienden del coche. Esta zona de la ciudad sigue sin luz, lo que Luna piensa que podría ser una ventaja. Se aproximan a la puerta.

—No tiene caso tocar el timbre —bromea Junior mientras saca las ganzúas.

En cuestión de segundos, abre la cerradura y entran al vestíbulo del edificio. No ven a nadie. Es una construcción antigua, sin ascensor. Hay un corredor con seis pisos. Sacan sus armas.

—¿Empezamos a revisar? —pregunta Junior.

—Supongo que el centro de operaciones de Cáncer —opina Luna— debería estar en el lugar más protegido, más inaccesible. Yo empezaría de arriba hacia abajo.

Junior asiente y caminan hacia la escalera. Empiezan a subir. El lugar está sumido en la oscuridad. En el vestíbulo había algo de luz por las ventanas que daban a la calle, pero en la escalera no se ve nada. Avanzan a tientas y, a medida que se acercan a la segunda planta, escuchan voces. Junior le hace señas a Luna para que espere y se adelanta. Los ojos de ella ya se han acostumbrado a la penumbra, por lo que puede ver los movimientos de su compañero, en especial cuando se acerca a la segunda planta, donde hay un leve resplandor. Observa que Junior guarda su arma en la cintura y sube gateando los últimos escalones. No es una forma ortodoxa de actuar, y en la academia de la CIA habrían reprendido a Luna por seguir ese tipo de estrategia, pero ella confía en su amigo, así que le hace caso y lo espera. Junior asoma apenas la cabeza a la altura del suelo, lo suficiente para ver a dos hombres armados fumando frente a una ventana abierta, la única fuente de luz en ese nivel.

—¿Qué crees que pasará? —pregunta uno de los hombres antes de dar una calada.

—No lo sé —responde el otro—. Si todo ha salido como se esperaba, pronto recibiremos una llamada y tendremos que encargarnos de limpiar el lugar.

—¿Y por qué no lo hacemos ahora y no perdemos tiempo? —insiste el primero.

—Porque si Cáncer decide volver y le movimos las cosas —contesta el otro—, estaremos en problemas.

En ese momento, a uno de ellos le suena el móvil.

—¡Oh! —exclama—, ya tenemos señal. Es Cáncer.

El hombre atiende la llamada y Junior aguza el oído lo más que puede.

—Sí, señor —dice el mercenario—, ya nos ponemos con eso.

El hombre cuelga y su compañero lo mira, expectante.

—Hay que limpiar todo —informa el que habló por teléfono—. Nos vamos.

Al escuchar eso, Junior retrocede y baja hasta donde se encuentra Luna.

—Debemos apurarnos —le susurra—. Van a limpiar todo e irse. Creo que son solo dos.

—Okey —afirma Luna, levantando su arma—, yo voy delante.

Junior vuelve a asentir, saca su pistola y la sigue. Sabe que ella es mejor con las armas que él; no tiene sentido hacerse el héroe. A cada cual lo suyo. De hecho, la ve subir delante e imita sus movimientos. Cuando ella llega al corredor de la segunda planta, ve que los hombres entran a una habitación. Se apresura, no quiere que destruyan la evidencia que podría llevarlos a atrapar al cerebro de la banda. Llega hasta la puerta y se asoma. Ve que los hombres, ayudándose con la luz de sus móviles, están recogiendo carpetas y papeles. Mira a Junior, que está junto a ella, y le hace señas con la mano de que van a entrar. Entonces, ambos irrumpen en la habitación de un salto.

—Alto ahí —grita Luna—. No se muevan. Suelten despacio sus armas.

Los dos mercenarios se quedan quietos por un instante. Luego, en la penumbra, uno de ellos sonríe.

—¿Quieres que nos quedemos quietos o que dejemos las armas? —dice con sorna—. Se más específica, muñeca.

En ese momento, el otro apaga la luz del móvil y, desplazándose rápido, intenta dispararle. Luna, sosteniendo el arma con ambas manos, se adelanta y dispara primero a ese bulto en la oscuridad. El otro es entonces quien le dispara, pero Luna ya se ha movido. Junior abre fuego, pero no le da. El hombre, siempre en la oscuridad de ese cuarto, intenta dispararle a Junior, pero no llega a hacerlo. Luna le da un balazo en el pecho y el sujeto cae. Se acercan a los dos cuerpos en el piso sin dejar de apuntarles. El último en caer está en muy mal estado, pero sigue con vida. Luna le quita el arma con el pie, empujándola lejos. Junior toca al otro, pero está inconsciente, tal vez muerto. No hay luz ni tiempo para revisarlo.

—¿Dónde está Cáncer? —le pregunta Luna al tipo que yace en el suelo, gravemente herido.

El hombre intenta hablar, pero solo sale sangre de su boca, no sonidos. Luna guarda su arma, consciente de que a ese le queda poco tiempo y ya no podrá darle información. Entonces, saca su móvil y lo usa como linterna. Junior hace lo mismo. Comienzan a revisar los papeles que los mercenarios estaban tratando de destruir.

—Mira esto —dice Junior, alumbrando con su teléfono una pared.

Luna se acerca, iluminando también con el suyo. En la pared hay fotos pegadas, con nombres y líneas que las unen.

—Es el plan completo —dice Luna, observando con detenimiento.

Hay fotos de cada uno de los objetivos, con el nombre del signo que se encargó de ellos. A su vez, hay líneas que unen a los distintos signos, con palabras que indican la colaboración de cada uno en el trabajo del otro. Luna está fascinada, pensando que ahora sí podrá detenerlos. Están todos los atentados como en cascada hasta el último, que aparece solo abajo, unido por líneas que salen de todos los demás. Se arrima un poco a la pared para ver bien la foto. Ya sabe de quién se trata, pero quiere estar segura. Es Junior quien lo dice primero.

—El último objetivo es el presidente.

—Sí —responde Luna—, y mira quién es el signo encargado de llevar a cabo el atentado.

Junior lee la palabra escrita sobre la foto.

—Géminis —dice—. Es el signo que nos faltaba.

—Así es —confirma Luna—. Fíjate.

Ella recorre con la linterna todo el diagrama como buscando algo.

—¿Qué es lo que ves? —pregunta Junior, confundido—. No entiendo.

—No es lo que veo —contesta Luna—, es lo que no vemos. Géminis no aparece en ningún otro lado. No ha colaborado con nadie y no ha realizado ningún otro atentado.

Junior se da cuenta de que Luna tiene razón y por eso no han tenido ninguna noticia del sexto signo hasta el momento.

—¿Qué crees que signifique? —pregunta Junior, esperando que su compañera haya comprendido algo que él aún no.

—No lo sé —responde ella—. Necesito analizarlo con detenimiento. Tomaré fotos de esta pared. Tú recoge, por favor, todos los documentos que aquellos dos estaban intentando destruir. Aquí no hay nada más por hacer y lo dejaremos así por el momento. Terminamos con Cáncer. Ahora nuestra prioridad es Ainara y Peter. Debemos buscarlos. Vamos hacia Conowingo.

Junior asiente, poniéndose manos a la obra. Mientras recoge los papeles, no puede evitar sentir una creciente inquietud. ¿Qué significará la ausencia de Géminis en el resto del plan? ¿Por qué ha permanecido en las sombras hasta ahora, reservándose para el golpe final contra el presidente?

Mientras tanto, Luna fotografía meticulosamente la pared, capturando cada detalle del intrincado diagrama. Su mente analítica trabaja a toda velocidad, tratando de descifrar el misterio detrás de Géminis y su papel en la operación Zodiaco. ¿Quién se esconde detrás de ese signo enigmático? ¿Y qué implica su aparición tardía para el destino de la nación?

Con más preguntas que respuestas, Luna y Junior se apresuran a terminar su tarea. El tiempo apremia, y la necesidad de encontrar a Ainara y Peter se vuelve cada vez más acuciante.

INSTINTO ALERTA

EN ALGÚN LUGAR de Maryland
Miércoles, 8 de diciembre, 2:30 p. m.

LA CENTRAL hidroeléctrica estaba más lejos de la civilización de lo que habíamos percibido al llegar en coche. Ahora, al hacer el camino inverso a pie, tardamos cerca de una hora en encontrar la primera tienda. Estoy cansada, dolorida y con frío, y espero que este lugar tenga ropa. Al entrar, tanto el tendero como una señora muy delgada con lentes que está haciendo sus compras nos miran con curiosidad.

—Tuvimos un pequeño accidente —explica Peter—. Necesitamos ropa.

El tendero nos examina de arriba abajo, empapados, y yo tiritando de frío.

—Por allá —nos dice, señalando el sector con indumentaria—, pero estamos sin luz, así que solo acepto efectivo.

Peter levanta el pulgar y nos dirigimos rápidamente en busca de vestimenta. Escojo lo primero que encuentro, incluso agarro una toalla. Me encamino hacia el probador, pero el tendero me llama.

—Venga, señora —me dice, levantando en alto una jarra de café—. Tómese una taza.

—Gracias —le digo, acercándome para que me la entregue.

Después de dar un largo sorbo, vuelvo a dirigirme hacia el probador. Una vez dentro, me quito la ropa mojada, me seco y me visto con mi nueva indumentaria. Salgo y le paso la toalla a Peter; es su turno. Camino hasta el hombre de la tienda y le devuelvo la taza ya vacía.

—Mi teléfono no funciona —le comento—. Necesito pedir que nos vengan a buscar. ¿Me podría prestar el suyo?

—Tienes suerte —me responde—. Hasta hace unos minutos no tenía señal.

El hombre desbloquea su móvil y me lo alcanza. Llamo al número de emergencia de Andrew. Atiende de inmediato.

—Hola, Andrew —le digo.

—Ainara —responde ansioso—. ¿Estás bien? ¿Y Peter?

—Sí, estamos bien —le confirmo mientras comienzo a sentir el calor volviendo a mi cuerpo y los dolores se intensifican—. Solo necesitaremos muchos analgésicos.

—No sabes qué alivio —dice Andrew, suspirando—.

Las imágenes en televisión de la central hidroeléctrica me dieron mucho miedo. Pensé lo peor.

—Casi —respondo—, casi. Manda a alguien a buscarnos, por favor. Ya te paso nuestra dirección.

—No es necesario —dice Andrew—. Ya rastreé el teléfono del que hablas. Solo esperen allí. Me encargo de todo.

Corto la llamada y le devuelvo el teléfono al tendero. En ese momento, llega Peter del cambiador, vestido de estilo deportivo. Él también devuelve una taza vacía. Sonrío al verlo.

—Necesitamos una bolsa para la ropa mojada —le dice Peter al hombre de la tienda, entregándome las etiquetas de su ropa.

El hombre se agacha y, al levantarse, nos da una bolsa grande de residuos. Peter la toma y vuelve al probador. Es mejor no dejar cabos sueltos. Difícilmente podrán rastrearnos por la ropa, pero es mejor prevenir.

—¿Cuánto le debemos? —le pregunto, poniendo las etiquetas de la ropa sobre el mostrador.

El hombre observa a Peter acercarse y marca todo en la registradora.

—Agregue el café, por favor —le pido.

—No se preocupe por eso —me responde—. Invita la casa.

Le agradezco. Me dice el monto y saco los dólares de la billetera que traía en la mano porque estaba empapada. Son tres billetes de cien mojados.

—Perdón por el estado —le digo—. Quédese con el vuelto.

Apenas Luna y Junior empiezan a salir de la ciudad, suena el móvil. Luna lo revisa y ve que es Andrew.

—Hola, Andrew —dice—. Estaba a punto de llamarte. Estamos yendo hacia Conowingo. ¿Has tenido novedades de Ainara?

—Sí —responde Andrew—. Por eso los llamo. Están bien. Ya les paso las coordenadas para que vayan a buscarlos. ¿Cómo les fue a ustedes?

—Bien —responde Luna—. Tuvimos un pequeño tiroteo, pero bien. Ahora te enviaré algunas fotos que tomé de la guarida de Cáncer. Él ya no estaba cuando llegamos, pero en las imágenes que te enviaré está todo su plan. Solo debemos descifrarlo. Ya verás. Lo que necesito es que lo imprimas en grande.

—Bien, Luna —responde Andrew—. Los esperaré con todo listo.

—Andrew —grita Junior, que va conduciendo, y Luna le acerca el teléfono—, avísale a Freddy que el objetivo principal es el presidente. Que averigüe sus actividades de hoy y mañana. Estamos en las últimas veinticuatro horas. Lo que sea que vayan a hacer, no pasará de mañana.

Andrew no se da abasto con los teléfonos. Termina de hablar con Luna y le gustaría avisarle a Ainara que ya están en camino, pero sabe que no era de ella el teléfono del que hablaron, así que no puede hacerlo. Entonces, llama a Freddy.

—Hola, Andrew —dice Freddy apenas atiende su móvil—. Dame buenas noticias.

—Ainara y Peter están bien —repite Andrew, que siempre es el encargado de mantener al tanto a todo el equipo sobre las actividades de sus compañeros—. Luna y Junior están yendo a buscarlos y luego vienen hacia acá, así que si puedes, ven en tres horas.

—Perfecto —responde Freddy—. Allí estaré.

—Hay algo más —dice Andrew cuando Freddy está a punto de cortar—. Junior me dijo que el objetivo final de la operación Zodiaco es el presidente. Debes averiguar sus actividades de hoy y mañana para anticiparnos.

—¿El presidente? —pregunta Freddy, como si no hubiera entendido— Investigaré eso ya mismo y, cuando nos veamos, llevaré la información. No entiendo cómo pretenden llegar al presidente.

—Todavía me falta información —dice Andrew—, pero Luna y Junior descubrieron parte del plan. Cuando vengan, nos enteraremos.

—Nos quedan pocas horas —responde Freddy—. Esperemos resolver esto a tiempo.

Andrew corta la llamada y se apresura a imprimir las fotos que Luna le envió. A medida que las imágenes cobran vida en el papel, su mente comienza a trabajar a toda velocidad, tratando de descifrar el intrincado plan de los terroristas. ¿Cómo pretenden llegar al presidente?

¿Y quién es el misterioso Géminis que se ha mantenido en las sombras hasta ahora?

Mientras tanto, Luna y Junior conducen a toda velocidad hacia Conowingo, ansiosos por reunirse con Ainara y Peter. La necesidad de descifrar el enigma de la operación Zodiaco se vuelve cada vez más apremiante.

En algún lugar de Maryland, Ainara y Peter esperan con paciencia la llegada de sus compañeros, todavía recuperándose de su brutal encuentro con los mercenarios en la central hidroeléctrica. A pesar del dolor y el cansancio, saben que no pueden bajar la guardia.

¿Será suficiente la información que han recopilado para detener a los despiadados terroristas? ¿O acaso el sexto signo, Géminis, les depara una sorpresa aún más siniestra? Mientras el reloj avanza hacia el desenlace final, Ainara, Peter, Luna, Junior, Andrew y Freddy se preparan para la batalla decisiva.

DETRÁS DEL APAGÓN

Búnker de Andrew, Nueva York
Miércoles, 8 de diciembre, 6:00 p. m.

Luna y Junior nos pasan a buscar. Los esperamos sentados en la puerta de la tienda, agotados. La travesía que hicimos nadando y luego la caminata han sido demasiado. Por un momento, creo que me quedo dormida apoyada en el hombro de Peter. Pero la verdadera siesta la tengo en el coche. Apenas entramos, me desmayo y despierto tres horas más tarde, cuando llegamos a Manhattan. Al abrir los ojos, veo que Peter también duerme. Recién al detenerse el coche cerca del búnker de Andrew, Peter reacciona.

—Qué susto me llevé, Ainara —dice Andrew apenas entramos, dándome un abrazo.

—Por poco morimos —le cuenta Peter—. Primero desactivando explosivos, luego cuando el techo se nos vino encima, y, por último, casi nos ahogamos. Fue un día complicado.

—Logramos desactivar los explosivos de una turbina —continúo—, pero no sabíamos que la turbina de al lado también estaba por detonar. Creo que conocimos a Acuario, o al menos, su voz. Alguien siguió nuestros movimientos por el sistema de seguridad y luego se burló de nosotros por los altavoces justo antes de que todo se viniera abajo.

—Ese maldito —dice Andrew—. Me cerró todos los caminos, no pude volver a entrar a la central. Estuvo jugando conmigo.

—Lo único bueno de esto —dice Freddy, que estaba en silencio en un rincón de la sala— es que ahora deben pensar que están muertos.

—Si eso es lo mejor que tenemos —afirma Peter, frunciendo los labios—, no tenemos nada.

—Tal vez no sea tan así —interviene Luna—. No les contamos nada en el coche porque dormían como bebés.

—¿Contarnos sobre qué? —pregunto, intrigada.

—Encontramos los planes de Cáncer —explica Luna —. Andrew, ¿hiciste lo que te pedí?

—Sí.

Entonces, enciende un aparato que había visto muchas veces, pero que no sabía para qué era. Es un proyector. De pronto, la pared del fondo se ilumina con la imagen de una especie de gráfico. Hay fotos, líneas y palabras. Giro en el sillón para verlo mejor y siento el dolor en mi pierna izquierda, justo donde me golpeó el escombro en el río.

—Este es el gráfico que estaba en la guarida de

Cáncer —explica Luna, acercándose a la pared y señalando la imagen—. Muestra todos los atentados que se produjeron, con el responsable de cada uno. Acuario con la red eléctrica de Virginia y Conowingo, Escorpio con el congresista y el acueducto de Washington, y Sagitario con el vicepresidente. A su vez, estas líneas unen a los mercenarios entre sí, mostrando quién ayudó a quién en cada momento. Ahí es donde más aparecen Leo y Cáncer, proveyendo, organizando y coordinando.

—Allí está el último signo —digo al ver el punto en el que confluyen las líneas de todos los atentados.

—Exacto —me confirma Luna—. Es Géminis y está a cargo del último de los atentados. El presidente de los Estados Unidos.

—¿No dice nada de cómo lo piensan hacer? —pregunta Peter, que también se acerca a la pared para ver mejor.

—No —contesta Luna—. No hay ningún detalle. No tenemos idea de lo que pretende este Géminis.

—Estuve revisando nuestra lista de mercenarios —dice Andrew—. No hay ningún Géminis.

—Y yo revisé las actividades del presidente —agrega Freddy—. No hay nada fuera de lo común en su agenda. Hoy y mañana permanecerá en la Casa Blanca. Incluso pasado mañana también tiene sus actividades normales, y hoy se cumplen las últimas veinticuatro horas. Lo que intente, lo hará allí.

—Nadie puede entrar en la Casa Blanca —acota Junior—. Tiene que ser alguien que trabaje ahí. Si pensamos en Géminis como alguien con dos rostros, podría ser un agente doble.

—Es posible —dice Luna—. No sé cómo investigar al personal de la Casa Blanca. ¿Lo crees probable, Freddy?

—Podría mandar una alerta —responde Freddy—. Quizás haya algo inusual, alguna reparación tal vez.

—Ya han usado ese truco en la central hidroeléctrica —acota Peter—. Tal vez intenten usarlo de nuevo.

—Pero la Casa Blanca es uno de los lugares más seguros del país —digo—. La represa o la gala en la ópera eran sitios sin tanta vigilancia y fáciles de hackear. Cancerbero S. A. no podría entrar en la Casa Blanca.

—¿Entonces? —pregunta Luna—. Necesito ideas.

—Tal vez un loco con un misil —sugiere Peter—. No necesitaría entrar a la Casa Blanca.

—Suponiendo que alguien pudiera acercarse lo suficiente con un lanzamisiles —explica Freddy—, ya que a mayor distancia sería interceptado, podría hacer algún daño al edificio y hasta matar gente, pero que le atine al presidente... No lo veo muy práctico.

—¿Qué otra cosa? —insiste Luna—. Vamos, algo se nos tiene que ocurrir.

—Quizás el atentado en Conowingo —dice Peter— pretendía dejar sin luz a Washington D. C.

—Imposible —responde Luna—. Washington D. C. tiene una red eléctrica independiente. El atentado de hoy no le hizo nada.

—Pero hubiera funcionado el atentado del acueducto —dice Junior—. Ahí sí la Casa Blanca hubiera estado en problemas.

—No —lo contradice Freddy—. El agua que se bebe en la Casa Blanca es embotellada y tienen una gran reserva. El agua que se usa en los lavabos y limpieza proviene de un enorme tanque propio que la abastece durante dos días. El veneno que intentaron meter en el Acueducto de Washington causa efecto en minutos. La gente de la ciudad lo hubiera sufrido, pero la Casa Blanca ya estaría avisada y no habría llegado nunca al presidente.

Me pongo de pie, furiosa.

—¿Por qué demonios hicieron todos estos atentados? —exclamo, acercándome a la pared y golpeando con la palma de la mano la imagen de Conowingo—. Fueron todos atentados a lugares sin demasiada seguridad, hasta fáciles, se podría decir. Los dos más difíciles los detuvimos nosotros. No tiene ningún sentido.

—Tal vez —dice Luna, pensativa— es una especie de trampa.

—¿Qué quieres decir? —le pregunto, sin entender qué clase de trampa podría ser una serie de atentados inconexos.

—Piénsalo como si cada ficha revelara un fragmento de nuestro destino —prosigue Luna—. Hay maniobras de distracción, cierre de caminos, obligar al adversario a que haga una jugada que lo coloque en una mala posición. Si fuera un juego de ajedrez, para hacerle jaque al rey, en este caso el presidente, habría que perseguirlo y acorralarlo sin que él supiera que se está metiendo en su propia tumba.

—Pero ninguno de estos atentados pone en riesgo al presidente —digo mientras miro las imágenes en la pared, tratando de entender si lo que afirma Luna tiene algún sentido—. No puede ser tocado en la Casa Blanca, no tiene por qué moverse. Sigo sin comprender lo que están tramando.

—Tal vez se trate de eso —dice Luna, pensativa—. Quizás quieran obligarlo a moverse. El funeral del congresista fue ayer y el presidente no asistió. Si hubieran matado al vicepresidente, hubiera tenido que ir.

—También podría ir a ver la zona de Conowingo —añade Junior—. Cuando hay alguna catástrofe natural, el presidente suele visitar la zona.

—Si hubieran logrado envenenar el agua de Washington D. C. —dice Peter—, por más que no afectara a la Casa Blanca, por razones de seguridad debería ser trasladado.

—Quizás no se trata de los atentados por separado —retoma la palabra Luna—. Lo que acaba de decir Peter es la clave.

Él la mira, sorprendido.

—Tal vez es como dije antes —prosigue Luna—, una jugada de ajedrez. Quizás todas las movidas juntas obliguen al presidente a tomar alguna acción. Algo que Géminis sabe que el presidente hará y que lo está esperando.

—El protocolo de emergencia —la interrumpe Freddy—. Si el país sufre ataques externos o hay conmoción interior por ataques terroristas, podría activarse el protocolo de emergencia.

—Eso puede ser —digo, pensando en voz alta—. Los atentados individualmente no generan nada, pero si se ven como un todo coordinado, podrían estar dadas las condiciones para que se active el protocolo.

—Creo que me han usado —dice Freddy, frotándose las sienes con las manos—. Nosotros fuimos los que nos dimos cuenta de lo que estaba pasando. Yo mismo ingresé al sistema la operación Zodiaco. Si no lo hubiera hecho, seguirían siendo ataques aislados. Pero luego de lo de Conowingo, los directores del FBI deben estar presentando el caso ante el Consejo de Seguridad. Me siento un estúpido.

—Aún no sabemos si es así —dice Junior—. Solo estamos especulando.

—Y aunque fuera así —intervengo—, si no lo hubieras expuesto tú, alguien más lo habría hecho. Si el Anillo está detrás de esto, bastaría que levanten el teléfono para que algún noticiero diera la información.

—¿Crees que es lo que quisieron hacer con Tom? —pregunta Junior.

—Es probable —digo, analizando toda la información que tenemos—, pero Tom se adelantó. Pensaba denunciarlo antes de tiempo y por eso tuvieron que acallarlo.

Escucho que suena un teléfono y todos hacemos silencio. Es el de Freddy. Lo vemos atender. Freddy me mira.

—Director Smith —saluda Freddy—. Entiendo… Voy para allá.

Freddy termina la llamada y nos mira con el rostro ensombrecido.

—Teníamos razón —dice con un tono grave—. Han activado el protocolo de emergencias. El presidente saldrá de la Casa Blanca.

Un silencio sepulcral se apodera de la habitación. Todas las miradas se cruzan, cargadas de preocupación.

Si nuestras sospechas son ciertas, Géminis está a punto de hacer su movida final. El destino del presidente, y tal vez de la nación entera, pende de un hilo.

—Tenemos que actuar, y rápido —digo, rompiendo el silencio—. No podemos permitir que Géminis se salga con la suya.

—Estoy de acuerdo —añade Luna—, pero primero necesitamos más información. Freddy, ¿qué más te dijo el director Smith? ¿Hacia dónde se dirige el presidente?

—No me dio detalles —responde Freddy, frustrado —, solo que debo presentarme de inmediato en la oficina. Supongo que allí me darán más instrucciones.

—Entonces, no hay tiempo que perder —intervengo, poniéndome de pie a pesar del dolor en mi pierna—. Freddy, ve a la oficina y averigua todo lo que puedas sobre los movimientos del presidente. Andrew, necesitamos que sigas buscando cualquier pista sobre Géminis en la red. Luna, Junior, Peter y yo nos prepararemos para actuar en cuanto tengamos más información.

Todos asienten, conscientes de la gravedad de la situación. Nos movemos rápido, cada uno enfocado en su tarea. El cansancio y el dolor quedan atrás; el cuerpo responde sin dudar. Géminis caerá esta noche. Y no dejaremos que haga daño a nadie más.

Mientras Freddy se dirige a toda prisa hacia la oficina del FBI y Andrew se sumerge en el mundo virtual en busca de respuestas, Luna, Junior, Peter y yo nos preparamos para lo que podría ser nuestra misión más crucial hasta ahora. Revisamos nuestro equipo, cargamos nuestras armas y repasamos mentalmente todas las posibilidades.

LA ÚLTIMA RUTA

Búnker de Andrew, Nueva York
Miércoles, 8 de diciembre, 6:20 p. m.

Me resulta tan extraño hablar del director Smith como del jefe Tanaka. Justo cuando Smith comenzaba a estar de nuestro lado, fue ascendido, algo que tal vez nos haya beneficiado. Sin embargo, en este momento, lo único que nos interesa del viejo Smith es lo que le ha dicho a Freddy.

—¿Por qué te avisó Smith del protocolo? —le pregunto a Freddy, intrigada.

—Porque más allá de que el traslado y protección del presidente estén a cargo del Servicio Secreto —explica Freddy—, el protocolo exige que haya un representante de cada fuerza participando de la operación. Uno de la CIA, otro de las Fuerzas Armadas, otro del Departamento de Defensa y otro del FBI.

—¿No me digas que irás tú? —le pregunta Junior, sorprendido.

—El presidente mismo pidió por mí —responde Freddy—. No solo porque soy el que descubrió la operación Zodiaco, sino por la condecoración que me dieron la vez pasada. Ya me conoce.

—Okey —digo, asintiendo—. Al menos, que nos hayan utilizado nos dio esta posibilidad. Te tendremos cerca del presidente en el momento justo. Creo que serás el único que puede detener a Géminis, quien quiera que sea.

—Tal vez no el único —me contradice Freddy—. Puedo llevar conmigo dos asistentes.

Miro a Peter y él me devuelve la mirada. Luego niega con la cabeza.

—No creo que haya forma de que Freddy nos haga entrar allí —dice Peter con bastante sentido común.

Por más que Freddy en este momento nos dé la cobertura del FBI, seguimos siendo prófugos para el resto de las fuerzas. En un sitio de máxima seguridad, como será al que lleven al presidente, no tenemos ninguna chance de entrar. A pesar de eso, tengo una idea.

—No todo nuestro equipo está en la lista de los más buscados —digo, pensativa—. Luna tiene los antecedentes limpios y es una reconocida perfiladora criminal. Ahora que trabaja como consultora externa de la CIA, también podría ser consultora externa del FBI.

Todos miramos a Luna y luego a Freddy.

—Podría funcionar —dice Freddy, considerándolo—. Tengo que llevar dos especialistas que me asistan en el caso, pero nadie me obliga a que sean agentes del FBI.

—Bien —dice Luna, dando un paso al frente—, vamos entonces.

—Tenemos que ir a las oficinas del FBI —indica Freddy mientras camina hacia la puerta—. Un helicóptero nos espera en la azotea del edificio. Una vez que despegue, nos darán las coordenadas para llegar hasta el presidente. Luego de recibidas, no podremos comunicarnos con nadie. Ustedes no sabrán dónde estaremos.

—Las posibilidades son dos —dice Peter, que conoce el protocolo de memoria—. El Air Force One o algún búnker secreto en el desierto.

—¿En serio creen que esto sea parte del plan de los mercenarios? —pregunta Junior, aún incrédulo—. Si no sabe Freddy a dónde lo llevarán, ¿cómo podrían saberlo los mercenarios?

—Lo siento, muchachos —dice Freddy, haciéndole señas a Luna para que lo acompañe—. Tendrán que deducirlo ustedes. Nosotros debemos salir ahora.

Ellos salen del búnker y nosotros nos quedamos pensando. Entonces, se me ocurre algo.

—Andrew —le indico—, averigua lo que puedas del Air Force One.

—¿En qué piensas, Ainara? —me pregunta Peter, intrigado.

—Géminis no puede estar en dos lados a la vez —le explico—. La operación Zodiaco fue ejecutada con precisión. Incluso, aunque no hayan podido llevar a cabo sus atentados, los hicieron en un cronograma preestablecido y con las horas contadas. De alguna forma, deben saber a dónde irá el presidente, y pienso que la fecha puede tener que ver.

—Tienes razón, Ainara —dice Andrew, dándose vuelta en la silla para mirarnos—. El avión del presidente entró ayer en reparaciones. Es un arreglo menor, pero está programado desde hace un mes.

—Es eso —dice Junior, ahora convencido—. Esos malditos sabían que si el protocolo se activaba hoy, no podrían usar el avión. Deben saber dónde se encuentra el búnker y lo atacarán allí.

—Es más —digo cuando empiezo a comprender el plan completo—. Géminis puede estar infiltrado en el búnker desde hace mucho tiempo. Debían obligar al presidente a ir allí, y para eso el protocolo se tenía que activar cuando el Air Force One estuviera fuera de servicio.

—Ningún mercenario podría acceder a la ubicación del búnker —dice Peter, escéptico—. Solo gente de máxima seguridad conoce esa información, y no creo que la venda por unos dólares.

—Recuerda que lo más probable es que el Anillo se encuentre detrás de esto —agrego—. Ellos seguro tenían esa información y contrataron a los mercenarios para llevar adelante sus planes. Es más, esto debe estar planeado desde hace bastante. Solo debían darse las condiciones apropiadas para poner la operación Zodiaco en marcha. Tenía que coincidir la reparación del avión con las actividades del vicepresidente, del congresista y que el presidente estuviera el día de hoy en la Casa Blanca.

—¿Por qué dices lo de la Casa Blanca? —pregunta Andrew, confundido.

—Porque el búnker al que irá el presidente —explico

— tiene que ver con su ubicación en el momento de la crisis. Es la única forma en la que pueden saber a dónde lo llevarán.

—Bueno —dice Junior—, ya comprendimos lo que planearon y lo que planean, pero no cómo lo harán.

—Eso ahora está en manos de Freddy y Luna —digo, decidida—. Ya mismo los llamo antes de que suban al helicóptero y les cuento lo que pensamos. Luna lo descifrará por nosotros.

—¿Y nosotros qué haremos mientras tanto? —pregunta Peter, molesto—. ¿Sentarnos a esperar?

—Creo que nos hemos perdido en la operación Zodiaco —respondo con convicción—. Nos estamos olvidando de lo que realmente importa y de por qué entramos en este caso.

—Para rescatar a Tom y a Alain —contesta Junior, comprendiendo.

—Exacto —prosigo—. Lo del presidente ya está fuera de nuestro alcance. Ahora hay que rescatar a los muchachos.

Peter y Junior asienten, conscientes de que nuestra prioridad siempre ha sido salvar a nuestros amigos. Mientras Freddy y Luna se dirigen hacia lo desconocido, nosotros debemos enfocarnos en encontrar a Tom y Alain antes de que sea demasiado tarde.

Rápidamente, llamo a Luna y le cuento nuestras sospechas sobre el plan de Géminis. Ella escucha con atención, poniendo a su mente analítica a trabajar a toda velocidad para descifrar el enigma.

—Tiene sentido —dice Luna, pensativa—. Estaremos alerta y buscaremos cualquier señal de Géminis.

Ustedes concéntrense en rescatar a Tom y Alain. Manténgannos informados.

Cuelgo el teléfono y miro a Peter y Junior con determinación.

—Bien, es hora de ponernos en marcha —digo, decidida—. Andrew, necesitamos que nos ayudes a localizar el posible paradero de Tom y Alain. Busca cualquier pista que pueda llevarnos hasta ellos.

Andrew asiente y se pone manos a la obra, concentrado por completo mientras navega en el mundo virtual en busca de respuestas.

Mientras tanto, Peter, Junior y yo repasamos toda la información que tenemos sobre Cancerbero S. A. y sus operaciones. Sabemos que el tiempo apremia, y cada minuto cuenta para salvar a nuestros amigos.

Aquí tienes la versión con un cierre más contundente, directo y cargado de resolución:

A medida que cae la noche, la tensión se vuelve insoportable. En algún punto del desierto, Freddy y Luna se alistan para enfrentar a Géminis y proteger al presidente, mientras nosotros nos preparamos para rescatar a Tom y Alain de las manos de esos mercenarios implacables.

¿Llegaremos a tiempo? ¿O el destino tiene reservado un giro que no vimos venir?

No importa lo que venga. Vamos por ellos.

SEPARADOS PARA VENCER

Búnker de Andrew, Nueva York
Miércoles, 8 de diciembre, 6:40 p. m.

—Sigo sin entender cómo pretenden matar al presidente dentro del búnker —dice Junior, pensativo.

Estamos hablando por altavoz con Freddy y Luna antes de que suban al helicóptero, tratando de proporcionarles toda la información posible para que atrapen a Géminis.

—He estado pensando en eso —le contesto—. Al principio, con la muerte del congresista y si hubieran logrado asesinar al vicepresidente, tenía lógica que maten al presidente también, porque hubieran destruido la línea sucesoria.

—Claro —dice Peter—. Si muere el presidente, es reemplazado por el vice; y si este está muerto, sería reemplazado por el presidente de la cámara, que era el congresista asesinado. Por debajo de estos, cualquiera que lo reemplace podría estar comprado por el Anillo.

—Exacto —digo—. Si hubiera sucedido así, era lógico que activaran el protocolo, ya que esto mismo lo hubiera deducido Inteligencia y hubieran intentado protegerlo.

—Estás diciendo —dice Luna por el altavoz del móvil— que ya no tiene sentido matar al presidente si el vice sigue con vida, ya que el Anillo no podría colocar a su hombre.

—¿Pero pueden intentar matar al vicepresidente otra vez? —especula Peter.

—No —contesto—. Ya sería muy difícil y, además, Sagitario dio a entender que no importaba que él hubiera fallado, que el país sería de ellos de todos modos y en un plazo determinado que se cumple hoy.

—Okey, Ainara —dice Luna—. Estamos por entrar a las oficinas del FBI y no podremos volver a hablar. Con esto que estuvimos hablando, tengo mucho que pensar. Tal vez la idea no sea matarlo, sino obligarlo de alguna manera a hacer algo en contra de su voluntad. Trabajaré con eso.

Luna termina la comunicación y todos nos quedamos en silencio. El Anillo es capaz de cualquier cosa, tal vez amenazar al presidente con algo, o vaya a saber qué sucia estrategia podrían utilizar. Ya no podemos hacer más, porque aunque lo descubriéramos, no podríamos avisarle ni a Freddy ni a Luna. Se me ocurren muchas cosas que pedirle a Andrew que investigue al respecto, pero no quiero distraerlo de lo que nos toca a nosotros: rescatar a Tom y a Alain.

Búnker del presidente, algún lugar de Pensilvania
Miércoles, 8 de diciembre, 7:50 p. m.

El helicóptero aterriza en una zona casi desierta de Pensilvania. Se ve un cobertizo que parece abandonado. Apenas bajan Luna y Freddy junto con el agente Fitzroy, el helicóptero levanta vuelo otra vez. La puerta del cobertizo se abre y dos militares les hacen señas para que se acerquen. Los tres caminan hacia allí. Al entrar, ven un camión con una tropa y un par de coches, uno de ellos es claramente el del presidente.

Los tres deben entregar sus armas y pasan por detectores de metales. Una vez verificado que están limpios, van a una construcción de concreto también dentro del cobertizo. Se abre una puerta y es un gran elevador. Entran acompañados por un hombre de traje que los esperaba dentro. Ellos se dan cuenta de que es del Servicio Secreto. No saben cuántos metros bajan, pero deben ser bastantes porque el elevador se toma su tiempo.

Al detenerse, se abre la puerta y los esperan otros dos agentes también de traje negro. Les piden sus documentos para verificar las identidades. Los revisan y les dan una credencial especial a cada uno. Luego les indican que avancen por el corredor. Llegan hasta una puerta que se encuentra cerrada. Freddy toma su credencial y la acerca a un lector magnético. La puerta se abre y otra vez hay alguien del Servicio Secreto esperándolos.

—Buenas noches —dice el hombre—. Soy el agente Norris, jefe Tanaka. El presidente me pidió que lo lleve a su despacho, quiere saludarlo.

Luna y Freddy intercambian una mirada intrigada. ¿Por qué el presidente querría hablar con Freddy en este momento crítico? ¿Acaso sospecha algo? Mientras siguen al agente Norris por los laberínticos pasillos del búnker, no pueden evitar sentir una creciente inquietud. ¿Estarán caminando hacia una trampa? ¿O tal vez el presidente tenga información crucial que compartir con ellos?

Búnker de Andrew, Nueva York,
Miércoles, 8 de diciembre, 7:50 p. m.

Pasa una hora hasta que escuchamos la voz de Andrew.

—¡Bingo! —exclama.

—¿Qué encontraste? —pregunto, levantándome del sillón.

Ya estaba harta de no hacer nada. Camino hasta llegar a su lado, pero él tarda en responderme.

—Verás —me dice—, quedó un poco herido mi orgullo con el asunto de Conowingo. No me gusta que me ganen en mi propio juego. Así que seguí trabajando en el sistema de la central hidroeléctrica. Luego de las explosiones, se cortó la luz y debieron reiniciar el sistema, así que pude entrar y encontré los códigos con los que Acuario había bloqueado mi ingreso.

—Menos cosas de frikis, Andrew —se queja Peter, que está parado detrás de mí.

—Está bien, Peter —dice Andrew—. Busqué esos mismos códigos en el resto de los lugares donde sabemos que actuó y descubrí desde dónde realizó el hackeo en cada uno de los casos. Y siguiendo ese rastro, encontré más hackeos. Los últimos dos son aquí mismo en Nueva York, uno en Brooklyn y otro en Queens. En ambos borró de los registros la contratación de dos locaciones. Una vez que conozco sus trucos, puedo seguirlo a donde sea. Ya no me volverá a atrapar.

—¿Y tú encontraste esas locaciones? —pregunto, impresionada.

—Por supuesto —responde Andrew con una sonrisa, como si hubiera salvado su honor—. En Queens es una bodega y en Brooklyn son unas oficinas.

—La bodega me suena al estilo de Leo —dice Peter.

—Y las oficinas, al estilo de Cáncer —interviene Junior, que también está parado detrás de mí—. Yo vi su anterior guarida y es congruente con las oficinas.

—Debemos actuar rápido —digo, decidida—. Hay que dividirse.

—Yo puedo ir a Queens —me dice Peter— y tú con Junior vayan a Brooklyn.

—Bien —le digo—, pero iré sola. Quiero que Junior se quede aquí como comodín y vaya donde sea necesario cuando le avisemos.

—Está bien —dice Junior—, pero no me gusta que ustedes dos, cada uno por su cuenta, se enfrenten a un pequeño ejército. Así que haré algo al respecto.

—¿Qué harás? —le pregunto, intrigada.

—Buscaré refuerzos —contesta—. Hay mucha gente a quien recurrir, solo debo encontrar a alguien que se halle cerca y esté disponible.

—Si tú lo dices... —le contesto, pensando en que será difícil encontrar ayuda en tan poco tiempo—. Eso queda en tus manos.

Peter y yo nos preparamos rápidamente, revisando nuestro equipo y cargando nuestras armas. Antes de salir, le doy un fuerte abrazo a Andrew.

—Ten cuidado —me dice, preocupado—. Y manténganse en contacto.

Asiento, consciente de los riesgos que estamos a punto de enfrentar. Miro a Peter, que también está listo para partir.

—Nos vemos del otro lado —le digo con una sonrisa tensa.

Él asiente, y ambos nos dirigimos hacia nuestros respectivos destinos. Mientras me subo a mi coche y acelero hacia Brooklyn, no puedo evitar sentir una mezcla de adrenalina y temor. ¿Qué nos espera en esas oficinas? ¿Lograremos rescatar a Tom y Alain antes de que sea demasiado tarde?

Por el espejo retrovisor, veo a Peter tomar la dirección opuesta, rumbo a Queens. Sé que él siente la misma determinación y urgencia que yo.

Mientras tanto, en el búnker, Junior se afana en buscar refuerzos, consciente de que Peter y yo necesitaremos toda la ayuda posible.

La noche envuelve la ciudad con un silencio inquietante. El paradero de Tom y Alain sigue sin respuesta, y las piezas del tablero se mueven rápido, demasiado rápido.

LA ENTRADA AL NIDO

Búnker del presidente, algún lugar de Pensilvania
Miércoles, 8 de diciembre, 8:00 p. m.

Freddy y sus acompañantes son conducidos hacia la oficina del presidente. Dos agentes del Servicio Secreto les abren la puerta y el agente Norris entra con ellos. El presidente está sentado detrás de su escritorio y dentro hay un hombre más del Servicio Secreto, a dos metros de él. El lugar es más bien un piso; lo que sería la oficina sirve también de sala de estar, con sillones y una pequeña mesa. Tiene una puerta que debe ser el baño y otra entreabierta que deja ver una cama. Freddy, que observa todo con rapidez como si fuera un escaneo, comprende que esa es la habitación del presidente. Tiene todo lo que necesita para operar desde allí. Solo falta una sala de juntas donde reunirse con el alto mando si la cosa se complica. Esa sala debe estar en otro lugar, tal vez deba revisarla más adelante. Son los dos lugares donde puede atacar Géminis.

—Jefe Tanaka —dice el presidente—, es un gusto volver a verlo. Me alegro de su ascenso.

—Muchas gracias, señor presidente —responde Freddy—. Me siento honrado de que haya pedido por mí.

—Por supuesto, Tanaka —contesta el presidente—. No solo es usted un héroe por haber salvado al país hace no tanto, sino que además es quien ha descubierto esta operación Zodiaco. Me gustaría que me ponga al tanto de todos los detalles.

—Será un placer, señor —dice Freddy—. Puedo hacerlo ya mismo y es importante que lo haga, pero debo hacerle un pedido poco ortodoxo.

—Dígame —responde el presidente con curiosidad —. ¿De qué se trata?

—Nos gustaría poder contarle todo —dice Freddy—, pero a solas.

—Es verdad —responde el presidente, mirando a los hombres que lo custodian—. Es un pedido poco orto- doxo. ¿A qué se debe?

—La información que tengo es de vital importancia —responde Freddy—. De hecho, es la exagente de la CIA Luna Márquez, quien me acompaña aquí hoy, la que tiene todos los detalles.

El presidente vuelve a mirar a sus custodios y uno de ellos niega con la cabeza.

—Agente Fitzroy —dice Freddy—, salga usted también.

—Sí, jefe —dice el joven sin titubear y va hacia la salida.

Norris le abre la puerta para que salga y luego la vuelve a cerrar.

—Señor presidente —dice Freddy—, creo que he demostrado mi fidelidad a las instituciones. Le pido que confíe en mí una vez más. A su lado, en el escritorio, tiene el botón de emergencia. Sabe que si lo aprieta, en un segundo nos caerá todo el Servicio Secreto encima. No creo que tenga de qué preocuparse.

—Tienes razón, Tanaka —dice el presidente—. En estos momentos de tensión, uno se pone un poco receloso.

Vuelve a mirar a sus hombres.

—Salgan, por favor, muchachos —dice el presidente, y los hombres obedecen.

Una vez que están fuera, el presidente mira a Freddy.

—Bueno —le dice—, ya que rompimos las formalidades, espero que tengas algo interesante para decir.

—Sí, señor presidente —comienza a explicar Freddy—. ¿Ha oído hablar del Anillo?

—Vaya, vaya, Tanaka —responde el presidente, acomodándose en su silla—. Entiendo por qué querías hablar a solas. Sé que el Anillo existe. Pero todos los informes que he pedido al respecto han dado negativo. Es una situación muy extraña.

—Precisamente por eso queríamos hablar con usted a solas —responde Freddy—. Sus informes han dado negativo porque el Anillo está infiltrado a todos los niveles. Incluso en el Servicio Secreto deben tener gente comprada.

—Eso es imposible, Tanaka —niega el presidente—. No hay nadie más investigado antes de entrar al servicio que esta gente.

—Si me permite, señor —interviene por primera vez Luna—, le contaremos lo que sabemos y luego usted sacará sus propias conclusiones.

—Me parece bien —dice el presidente—, pero aclárame esto, Tanaka: ¿por qué traes contigo a una exagente de la CIA en lugar de a alguien de tu propia fuerza?

—Por el mismo motivo, señor —dice Freddy—. El Anillo está en todos lados. Cuando en algún caso empiezo a sentir su tufillo, lo primero que hago es recurrir a elementos externos a la fuerza. En esos casos, no puedo confiar en nadie institucionalizado. Si no hubiera acudido a investigaciones, digamos, paralelas, no habría podido descubrir el intento de secesión que evitamos hace unos meses. En esta ocasión sucedió lo mismo. En cuanto dudé sobre quién estaba tras los atentados, recurrí a Luna y a otros elementos. Gracias a ellos descubrí la operación Zodiaco.

—Estas investigaciones paralelas —dice el presidente—, ¿son siempre legales?

—No, señor —admite Freddy—. La mayoría de las veces no. Pero es gracias a eso que hemos salvado muchas vidas. Incluso la del vicepresidente hace muy poco.

—¿Tú tuviste que ver con eso? —pregunta el presidente, sorprendido.

—Digamos que estaba al tanto de que el atentado podía suceder —dice Freddy, midiendo sus palabras—, pero sin pruebas, nada podía hacer. Por eso recurro, en esos casos, a elementos externos. Entienda, señor presidente, que estoy confesando cosas muy sensibles que solo sus oídos pueden escuchar.

—Entiendo, Tanaka —dice el presidente—. Cuéntame entonces qué está sucediendo ahora.

—Luna —contesta Freddy—, por favor.

—Mire, señor presidente —dice Luna, dando un paso adelante—, lamento informarle que nos han engañado. La operación Zodiaco es un gran juego de ajedrez en el que nos han utilizado a todos. El objetivo de esta operación era que usted se encuentre en este lugar en este preciso momento.

—No te entiendo —dice el presidente, confundido.

—La operación Zodiaco comenzó hace un mes —explica Luna—, cuando se programó la reparación del Air Force One. El momento de las reparaciones debía coincidir con que usted se encuentre en la Casa Blanca. Creo que no me equivoco si apuesto a que este búnker es el más cercano a Washington D. C.

El presidente asiente con la cabeza.

—Los atentados tuvieron el único objetivo de activar el protocolo de emergencia —continúa Luna—. El Anillo había planificado que usted fuera traído en este día aquí porque el sexto mercenario de la operación ya está en esta instalación, esperando para actuar. Podría estar hace meses aquí de encubierto, aguardando que se dieran las circunstancias adecuadas.

—Lo que me dices —contesta el presidente, dudando— es difícil de asimilar. ¿Tienen alguna prueba de todo esto?

—Sabía que no podríamos traer el móvil —dice

Luna—, así que hice imprimir esto en las oficinas del FBI antes de subir al helicóptero.

Luna saca de un bolsillo un pequeño papel doblado y lo empieza a desplegar. Luego lo apoya sobre el escritorio. El presidente lo observa con detenimiento, tratando de descifrar su significado.

—¿Qué estoy viendo? —pregunta, intrigado.

—Esa foto la tomé en Baltimore —explica Luna—. Descubrimos la guarida de Cáncer, el cerebro de la operación, pero él ya no estaba. Llegamos justo en el momento en que sus cómplices intentaban destruir la evidencia. No los dejamos hacerlo.

El presidente mira a Luna, levantando una ceja. No necesita más explicaciones; se imagina lo que sucedió con los cómplices. Luna también comprende la mirada.

—No quisieron cooperar, señor —prosigue Luna—, así que hicimos lo necesario para obtener esto: el plan de acción de la operación Zodiaco. Allí puede ver fotos de los objetivos de los atentados, qué signos los llevaron a cabo y cómo colaboraron entre ellos para hacerlo. Como verá, señor presidente, hay un solo objetivo que no se ha cumplido y es al que confluyen todas las líneas. Sin embargo, hay un único signo asignado a ese objetivo.

—Esta es mi foto, ¿verdad? —dice el presidente, señalándola—. Y el encargado de matarme es Géminis.

—Eso creímos al principio, señor —prosigue Luna—. Pero hoy no estamos seguros de que lo que quieran sea matarlo.

—¿Qué entonces? —pregunta el presidente, cada vez más inquieto.

—Eso no lo sabemos aún —continúa Luna—, pero

lo que sí sabemos es que este signo no ha tenido contacto con los otros, ni participación en ningún otro atentado. Por eso creemos que es un agente dormido a la espera del momento de atacar. Géminis es el gemelo, dos caras. Tenemos entre nosotros un doble agente.

CORRUPCIÓN INTERNA

Búnker del presidente, algún lugar de Pensilvania
Miércoles, 8 de diciembre, 8:15 p. m.

—Me resulta difícil de creer —dice el presidente—. Los hombres del Servicio Secreto pasan las más duras pruebas y los exámenes más estrictos para llegar a donde están. Ninguno de ellos se corrompería.

—Señor presidente —dice Luna con seriedad—, esto no lo encontrará en ningún informe policial, pero fui amenazada y no lo tomé en serio. El resultado fue que mi hermana fue asesinada por el Anillo. De haberlo entendido en su momento, habría cedido y mi hermana seguiría con vida. Nadie está exento de hacer alguna concesión cuando la vida de un ser querido está en peligro.

—Mi antiguo jefe —interviene Freddy—, antes de la

llegada del ahora director Smith, sí comprendió las implicancias de las amenazas y, en sus últimos tiempos en la fuerza, estuvo trabajando para el Anillo. Con esto le queremos decir que podría haber alguno de sus hombres que se haya pasado de bando. Sin importar el honor o las convicciones, debemos entender que esta gente sabe cómo apretar y obtener resultados.

El presidente permanece pensativo unos instantes. Luego pregunta, molesto:

—¿Qué podemos hacer?

—¿Cuál es su agente de mayor confianza? —pregunta Luna.

—El señor Norris —responde el presidente—. Es un veterano que trabajó para tres presidentes antes que yo. Le apuesto mi vida, en él podemos confiar.

—Muy bien —dice Luna—, llámelo. Necesitamos algo de él.

—Señor Norris —dice el presidente, hablando por un intercomunicador en su escritorio—, venga, por favor.

De inmediato, el agente abre la puerta. Estaba apostado justo detrás de ella.

—Sí, señor presidente —dice el hombre luego de cerrar la puerta tras de sí.

—Podríamos encontrarnos en una crisis de seguridad —le explica el presidente—. Necesito que colabore en todo lo que le pidan los agentes aquí presentes.

—Sí, señor —responde Norris.

—Necesitamos que envíe al ordenador del presidente —dice Luna— la ficha de todos los agentes del Servicio Secreto que se encuentran en esta operación.

Norris mira al presidente y, por primera vez, se nota un cambio en su actitud.

—Señor —dice—, esa información es de máxima seguridad. El FBI no está autorizado a acceder a ella.

—Como —dijo la señorita Márquez —responde el presidente—, esos archivos no son para el FBI, son para mí y deben estar en mi ordenador de inmediato. ¿Tengo yo autorización para verlos?

—Por supuesto, señor —asiente Norris.

—Perfecto —prosigue Luna—. Ahora que ya está arreglado el tema de las autorizaciones, el presidente necesita también las fichas de todo el personal operativo en esta base.

—Muy bien —responde Norris, que ya ha vuelto a su neutralidad habitual—. ¿Algo más?

—Sí —dice el presidente—. Tráiganos, por favor, algo de comida. Esta será una noche larga. Y otra cosa...

—Sí, señor —responde Norris.

—Solo tú estás autorizado a ingresar por esa puerta —dice el presidente, que ha entendido lo comprometido de la situación—. Y nadie más debe saber lo que sucede aquí dentro.

Norris asiente con firmeza y sale de la habitación, dejando a Freddy, Luna y al presidente sumidos en un tenso silencio. Mientras esperan el regreso del agente con la información solicitada, cada uno de ellos se sumerge en sus propios pensamientos, tratando de anticipar el próximo movimiento de Géminis.

Luna se acerca al escritorio del presidente y comienza a examinar con detenimiento el gráfico de la operación

Zodiaco, buscando cualquier pista que pueda haber pasado por alto. Sus ojos se mueven rápidamente de un punto a otro, trazando conexiones y formulando teorías.

Freddy, por su parte, se pasea por la habitación, pensando a toda velocidad para idear un plan de acción. La vida del presidente, y tal vez el destino de todos, dependen de su capacidad para desenmascarar al traidor.

El presidente, sumido en sus pensamientos, tamborilea con los dedos sobre el escritorio. A pesar de su aparente calma, la tensión es evidente en sus facciones. ¿Cómo es posible que alguien de su círculo más cercano esté conspirando en su contra? La idea le resulta inconcebible, pero las pruebas presentadas por Freddy y Luna son irrefutables.

De repente, la puerta se abre y Norris entra con una bandeja de comida y una carpeta bajo el brazo. Deposita la bandeja sobre la mesa y le entrega la carpeta al presidente.

—Aquí tiene, señor —dice Norris—. Las fichas de todos los agentes y del personal operativo de la base.

El presidente toma la carpeta y comienza a hojearla, ceñudo y concentrado. Freddy y Luna se acercan, ansiosos por escudriñar la información en busca de alguna pista que pueda llevarlos hasta Géminis.

Mientras tanto, en algún lugar de este laberíntico búnker, el doble agente acecha en las sombras, esperando el momento propicio para hacer su movida. ¿Quién será el traidor? ¿Y cuál es su verdadero objetivo?

Queens, Nueva York

Miércoles, 8 de diciembre, 8:30 p. m.

Peter llega a la bodega que le había indicado Andrew. Desde afuera puede ver que hay luz dentro. Estaciona el coche lo bastante cerca para salir rápido de ser necesario. Luego baja y comienza a examinar el edificio. Hay un gran portón como para camiones y una puerta normal a la derecha. Sería muy arriesgado ingresar por allí sin saber lo que le espera del otro lado. Estudia la construcción para ver si puede rodearla, pero es imposible; tiene un edificio a cada lado. Las ventanas por las que vio la luz de adentro están en altura. Necesitaría una gran escalera para acceder a ellas. Ve entonces que en el edificio de la izquierda, que parece otra bodega, solo a un paso de la ventana, cuelga un andamio.

—Si pudiera llegar allí —dice mientras camina hacia ese edificio.

Ve que, junto a esa construcción, hay otro edificio y, entre los dos, un espacio de apenas dos metros. En ese espacio, en el segundo edificio, hay una escalera contra incendios.

—Demonios —se queja Peter.

Él ya sabía lo que estaba por hacer y no le causaba ninguna gracia. Entra por el corredor entre los dos edificios, empuja un bote de basura y lo coloca bajo la escalera. Se sube, estira los brazos y, con un pequeño salto, queda colgado de la escalera que se despliega bajando hasta el nivel del suelo. Empieza a subir. Son tres pisos.

Afortunadamente, la escalera llega hasta la terraza. No tendrá que hacer de «hombre araña», al menos por ahora.

Una vez allí arriba, mira la bodega que tiene enfrente, la que está pegada a la que le interesa.

—Son solo dos metros —se dice.

No quiere pensarlo mucho. Ambos techos están a la misma altura, solo que él se encuentra en una terraza plana y el otro techo es inclinado. Mira hacia abajo. La caída sería mortal.

—Diablos —vuelve a maldecir y retrocede para tomar carrera.

—Diablos —repite.

Sale corriendo hasta el borde de la terraza, pisa con el pie derecho la baranda de concreto baja que lo separa del vacío y se impulsa hacia adelante y arriba con todas sus fuerzas. Cae como una bolsa de papas contra el techo del otro edificio y comienza a deslizarse hacia abajo. No tiene de dónde aferrarse. Siente que sus pies pierden contacto con el techo, luego sus piernas quedan al aire mientras su torso se va raspando contra el techo. Logra aferrarse del borde, que tiene como una canaleta. La mitad de su cuerpo está colgando y la otra mitad se pega a la superficie rugosa y sucia que lo sostiene. Se queda quieto.

La caída se ha detenido y eso está bien. Evalúa su situación. No se quiere mover mucho hasta no saber cómo salir de allí sin dar un paso en falso. Hace lo único que puede hacer: sube la pierna derecha hasta trabar el pie en la canaleta. Al hacer este movimiento, su torso se despega un poco de la superficie y, con desesperación, hace fuerza para equilibrarse. Ya está. Ahora se impulsa hacia arriba y esta parte es mucho más sencilla. Ya está con todo su cuerpo sobre el techo.

Se toma un segundo para respirar y darse un descanso. Enseguida se levanta, aferrándose con pies y manos como si fuera un lagarto, y asciende por el techo hasta llegar a la parte más alta. Desde allí ve el aparejo que sostiene el andamio. Ahora le toca bajar hasta él. Eso no es tan complicado. Solo debe deslizarse hacia abajo hasta toparse con el edificio que le interesa y luego descolgarse por el andamio para mirar por la ventana. Entonces se da cuenta de que la bodega que importa es un metro más alta que en la que se encuentra y tiene pequeñas ventanas que dan hacia donde está él.

—Al menos, una fácil —dice para sí mismo.

No deberá usar el andamio. Desde ese techo podrá ver lo que sucede al lado. Así que se desliza con la mayor suavidad posible hasta llegar a la pared que lo frena. Solo camina por el techo unos metros hacia atrás hasta llegar a la primera ventana. Se agacha y observa. Hay dos hombres cargando cosas en un camión. Otro hombre está parado, mirando a los demás, tal vez dando indicaciones. Todos tienen armas.

—Allí está —dice Peter, sonriendo.

Atado en una silla se halla Alain. Desde allí no puede ver en qué condiciones se encuentra, pero está vivo.

—Son solo tres hombres —sigue hablando Peter—. Hubiera entrado por la puerta de enfrente y me habría ahorrado todo esto.

Coge su teléfono y llama a Andrew.

—Hola, Peter —dice Andrew—. ¿Alguna novedad?

—Lo tengo a la vista a Alain —explica Peter—. No creo que tenga dificultad en rescatarlo. ¿Sabes algo de Ainara?

—Excelente —afirma Andrew—. Ainara aún no se comunica. No puedo llamarla porque no quiero que el teléfono le suene en una situación incómoda. En cuanto se comunique, le cuento sobre Alain. ¿Quieres que Junior vaya para allá?

—No —responde Peter—. Creo que aquí están por irse. No puedo esperar. Yo me encargo. Que Junior vaya con Ainara.

Peter corta la llamada y guarda su teléfono. Se arrastra con cuidado por el techo, acercándose cada vez más a la ventana. Los hombres abajo continúan cargando el camión, ajenos a su presencia. Peter sabe que debe actuar rápido si quiere rescatar a Alain antes de que se lo lleven.

Respira hondo, tratando de calmar los latidos acelerados de su corazón. A pesar de los años de experiencia, cada misión conlleva sus riesgos. Pero no puede fallarle a su amigo. No ahora, cuando está tan cerca.

Con movimientos precisos y silenciosos, Peter se desliza hasta quedar justo encima de la ventana. Se asoma con cautela, evaluando la situación. Los tres hombres armados están de espaldas a él, concentrados en su tarea. Alain, atado en la silla, parece estar consciente, pero se ve magullado.

Es ahora o nunca. Peter saca su arma y se prepara para irrumpir en la bodega. Sabe que tendrá solo unos segundos de ventaja antes de que los hombres reaccionen. Cada movimiento, cada disparo, deberá ser certero.

Con un último suspiro, Peter se lanza hacia la ventana, dispuesto a enfrentar lo que sea con tal de salvar a su amigo. El corazón le golpea el pecho mientras cae en la bodega. La vista se ajusta al instante. Avanza sin dudar, listo para lo que venga.

33

____

CERO ABSOLUTO

Brooklyn, Nueva York
Miércoles, 8 de diciembre, 8:30 p. m.

Llego a la dirección que me dio Andrew. Es un pequeño edificio de oficinas que parece estar abandonado. Concuerda con la descripción de la guarida de Cáncer en Baltimore. Si Cáncer es el organizador de todo esto, no sería de extrañar que también siga un patrón en cuanto a su centro de operaciones. Debo verificar si es el lugar correcto, pero no puedo hacerlo desde afuera. Tengo que entrar.

Me acerco a la puerta y giro el picaporte. Está cerrado. Sin embargo, el cristal de la puerta está roto. Me arremango el abrigo y meto el brazo. Abro la puerta desde adentro. Paso y vuelvo a cerrar. De nuevo recuerdo el relato de Luna. Ella dijo que Cáncer tenía su guarida en el piso de arriba. Si el hombre repite patrones, debo ir directo para allá.

Comienzo a subir por la escalera. Al pisar el tercer escalón, escucho algo detrás de mí. Giro para ver, pero un golpe viene directo a mi cara. Alcanzo a retirar el rostro y el golpe me roza la frente. Caigo hacia atrás y pateo hacia adelante. Le doy en el pecho a un hombre grande y pesado. El tipo apenas se mueve. Es un gigante calvo y con barba, con aspecto de motociclista. Se me viene encima y ahora le pateo la cara. Al hombre le sangra la nariz, pero apenas se inmuta. Se agacha sobre mí y me toma de la ropa con las dos manos. Me levanta en el aire como si fuera una muñeca de trapo. Le pateo las costillas y le doy puñetazos en la cara. El hombre me levanta aún más alto. Sus brazos son tan largos que ya no lo alcanzo. Entonces, me arroja escaleras abajo.

Son solo un par de escalones por los que ruedo, pero me duele todo el cuerpo. El hombre baja y me agarra de un tobillo con una sola mano. Comienza a levantarme cabeza abajo. Ya es suficiente. Quería no hacer ruido, pero si no reacciono, este tipo me va a matar. Saco mi arma mientras estoy colgando y le apunto directo a la cara. No pierdo tiempo. Aprieto el gatillo y le vuelo los sesos. El tipo me suelta y caigo de cabeza al suelo. El hombre cae hacia atrás como un gran árbol derribado.

Mi cuello suena al caer, pero creo que no me rompí nada. Se acabó el sigilo. Debo moverme rápido. Me levanto, un poco mareada. Miro a mi alrededor y veo a otros dos hombres que me apuntan con sus armas. Quiero apuntar con la mía, pero veo que mi mano no se mueve. Me siento floja. Todo comienza a dar vueltas y se apaga la luz.

QUEENS, Nueva York
Miércoles, 8 de diciembre, 8:45 p. m.

PETER MIRA a través del vidrio a los mercenarios que están abajo. Toma el borde de la ventana que está entreabierta y tira hacia arriba. Se abre del todo. Mete la cabeza y ve que hay una especie de balcón justo abajo, así que se lanza por allí. Apenas pasa por la apertura, pero lo logra. Se descuelga sobre el balcón sin hacer ruido. Hay toda una serie de poleas y mecanismos de carga frente a él que lo ocultan de quienes están abajo. A un par de metros hay una escalera. Esa zona de la bodega está a oscuras. Midiendo sus pasos, baja hasta llegar al nivel del suelo. Recién entonces empuña su ametralladora. Camina hacia la luz y se aparece sin más ante los tres mercenarios, que lo miran sorprendidos.

—Hagamos esto sencillo —dice Peter. Alain, que estaba con la cabeza gacha, la levanta y lo mira sonriendo—. Si ustedes bajan las armas, nadie saldrá herido. Es más, no tengo problema con nadie. Si me dicen quién de ustedes es el jefe, el resto se puede ir.

Los dos que cargan una caja se miran como consultándose qué hacer. Entonces el tercer hombre, el que daba las instrucciones, ve la duda en sus hombres.

—Estúpidos —dice y levanta el arma para dispararle a Peter.

Él le descarga una ráfaga de ametralladora y el tipo recibe al menos tres balas. Los otros dos sueltan la caja y también toman sus armas. Peter gira y otra ráfaga acaba con ellos. Cuando confirma que ninguno de los tres es un peligro, corre hacia Alain.

—¿Por qué tardaste tanto? —pregunta Alain mientras Peter le desata las manos.

—Tuve que desactivar como cien explosivos —responde Peter—. Se me vino una represa encima, casi me ahogo y tuve que viajar cientos de kilómetros. En síntesis, estuve ocupado. ¿Sabes quiénes eran estos tres?

—Aquellos dos —contesta Alain mientras se frota las muñecas y se pone de pie— eran unos don nadie. Pero este que mataste con tanta facilidad era el mismísimo Leo.

—Quedan solo tres entonces —afirma Peter—. ¿Te han dicho algo de Géminis?

—¿Géminis? —pregunta Alain—. No oí nada de él. Lamento no poder ayudar. Me han tenido aquí todo el tiempo con un solo guardia. Recién hoy apareció Leo.

—Bueno —dice Peter. Camina hasta Leo, se agacha y recoge su arma. Vuelve con Alain y se la entrega—. Ya has descansado bastante. Es hora de trabajar.

Alain toma el arma y la examina con detenimiento. A pesar de las magulladuras en su rostro, una sonrisa decidida se dibuja en sus labios.

—Estoy listo —anuncia, mirando a Peter—. Vamos a patearles el trasero a esos bastardos.

Peter asiente, compartiendo la misma resolución.

Juntos se dirigen hacia la salida de la bodega, listos para enfrentar lo que sea que les depare el destino. Saben que aún queda mucho por hacer, pero ahora que han rescatado a Alain, se sienten un paso más cerca de desentrañar los misterios de la operación Zodiaco.

Mientras caminan hacia el coche de Peter, una pregunta se forma en la mente de Alain.

—¿Dónde están los demás? —pregunta, mirando a su alrededor—. ¿Ainara y los otros están bien?

Peter se detiene por un momento, su expresión se ensombrece.

—Ainara fue a Brooklyn, a investigar una pista sobre Cáncer —explica—. Aún no hemos tenido noticias de ella. Junior iba a ir como refuerzo, pero no sé si habrá llegado a tiempo.

Alain frunce el ceño, preocupado por la seguridad de sus amigos.

—Tenemos que ir a ayudarla —expresa con firmeza —. No podemos dejarla sola.

Peter asiente, consciente de la urgencia de la situación.

—Vamos —dice, abriendo la puerta del coche—. Esperemos que no sea demasiado tarde.

Ambos se suben al vehículo y Peter pisa el acelerador a fondo. Mientras se abren paso por las calles de Nueva York, sus pensamientos están puestos en Ainara, rogando que esté a salvo. Todavía es de noche, y lo que acecha no ha mostrado su rostro.

Búnker del presidente, algún lugar de Pensilvania
Miércoles, 8 de diciembre, 9:00 p. m.

—Ya está —dice Luna, sentada en el sillón del presidente frente a su escritorio. Es algo que poca gente se atrevería a hacer, eso demuestra la confianza que deposita el presidente en Freddy y su gente.

Hace media hora que está con el ordenador del mandatario, revisando las fichas de todo el personal en el búnker. Ella comió un par de bocadillos que trajo Norris, mientras el presidente y Freddy tuvieron una verdadera cena.

—De los veinte hombres del Servicio Secreto —prosigue Luna—, hay seis que podrían ser Géminis. Y de los veinticuatro miembros de esta base, tres también podrían serlo.

—Me sorprende, señorita Márquez —dice el presidente, que caminaba por la habitación como gato encerrado—. ¿Cómo pudo deducir eso en tan poco tiempo?

—Solo seis de los miembros del Servicio Secreto tienen familia —contesta Luna—. A estos hombres no se los compra con dinero, ni tienen miedo de ofrecer su vida por usted. El único punto débil es la familia. No los pueden presionar por otro lado. Con más tiempo podría decirle cuál exactamente ha cedido al Anillo, pero no tenemos ese tiempo. En cuanto a los militares de la base, cualquiera puede haber sido corrompido y más de la mitad tiene familia, así que tuve que utilizar otro criterio. El Air Force One entró en reparación por última vez hace seis meses. Si la operación Zodiaco no se llevó a cabo antes, es porque se planeó después de esa fecha. Por lo tanto, si infiltraron a alguien aquí, tiene que haber sido en el último tiempo. Hay solo tres hombres nuevos en la base desde los últimos seis meses. Es decir, hay nueve hombres de los que debemos cuidarnos.

—Señorita Márquez —dice el presidente, preocupado—, estamos jugando a la lotería.

—Sí, señor —contesta Luna—, pero es una lotería de solo nueve números. No será tan difícil acertar.

—Espero que tenga razón —acota el presidente—. Con permiso, debo ir al excusado.

—Déjame ver quiénes son —interviene Freddy mientras el presidente va a hacer lo suyo—. Memorizaré sus nombres y rostros. Cualquiera que haga un movimiento raro será nuestro hombre.

—No sabemos cómo atacarán —prosigue Luna, pensativa—, así que cualquier cosa fuera de lugar podría ser el disparador para que Géminis actúe. Lo único que sabemos es que debería ser esta noche, o a lo sumo mañana.

Se quedan unos instantes en silencio mientras Freddy mira las fichas de los sospechosos. En ese momento sale el presidente del baño.

—El retrete no funciona —informa—. Le pediré a Norris que llame a mantenimiento.

Luna y Freddy se miran.

—El disparador —dice Freddy—. Será esta misma noche.

—Sí —contesta Luna y mira al presidente—. En unos minutos nos atacarán, señor. Debemos prepararnos.

El presidente se queda inmóvil, asimilando la

gravedad de la situación. Sus ojos se encuentran con los de Luna, buscando en ellos la confirmación de que esto no es una pesadilla, sino una realidad inminente.

—¿Qué debemos hacer? —pregunta, tratando de mantener la compostura a pesar del miedo que lo invade.

—Primero, no debemos alertar a Géminis de que sospechamos —dice Freddy mientras su mente ya trabaja en un plan de acción—. Debemos actuar con normalidad, como si nada estuviera pasando.

—Pero al mismo tiempo —interviene Luna—, debemos estar listos para cualquier eventualidad. Señor presidente, ¿hay algún lugar seguro dentro de este búnker al que pueda ir en caso de emergencia?

El presidente asiente con rostro tenso.

—Hay una sala de pánico —revela—. Solo yo y Norris conocemos su ubicación.

—Perfecto —dice Freddy—. Luna y yo nos encargaremos de vigilar a los sospechosos. A la menor señal de peligro, usted debe dirigirse de inmediato a esa sala. Norris lo escoltará.

—¿Y qué hay de ustedes? —pregunta el presidente, preocupado por la seguridad de sus protectores.

—Nosotros nos encargaremos de neutralizar a Géminis —responde Luna con determinación—. No se preocupe por nosotros. Su seguridad es nuestra prioridad.

El presidente asiente, consciente de que su vida está en manos de estos valientes agentes. La tensión en la habitación es palpable, pero los tres se preparan mentalmente para enfrentar la amenaza que se cierne sobre ellos.

En algún punto del búnker, Géminis se oculta entre las sombras, aguardando su momento. El enfrentamiento decisivo se acerca, y cada segundo pesa más que el anterior.

Bajo tierra, el silencio lo cubre todo. Nadie se atreve a hablar. Todos esperan. Porque cuando Géminis se mueva, ya no habrá vuelta atrás.

LA LÍNEA DE FUEGO

Queens, Nueva York
Miércoles, 8 de diciembre, 9:05 p. m.

PETER Y ALAIN suben al coche. Mientras salían del edificio, Alain le contó que, luego de que lo atraparon dándole un buen golpe, no la pasó tan mal. Lo trasladaron dos veces, pero no fueron demasiado rudos. Solo tiene hambre, hoy no le habían dado de comer.

—Creo que llegué a tiempo entonces —dice Peter—. Cuando no te dan de comer, es porque no desperdiciarán comida en un hombre muerto. Te mantuvieron con vida como rehén hasta que terminara la operación. Luego...

Peter hace un gesto pasándose el pulgar de la mano derecha por la garganta. Ambos saben lo que hubiera pasado si Peter no aparecía. Recién entonces, antes de arrancar el motor, Peter toma el móvil y llama a Andrew.

—Ya tengo a Alain conmigo y está en buen estado —

explica Peter—. Leo acaba de dejar este mundo, así que solo quedan tres signos. ¿Qué sabes de Ainara?

—Me alegro de que Alain esté bien —responde Andrew—. Es una muy buena noticia. Sin embargo, Ainara aún no se ha reportado, eso me resulta preocupante.

—Entonces iremos hacia donde se encuentra a ver qué ha sucedido —dice Peter—. Pásanos las coordenadas y nos pondremos en camino.

—Espera —dice Junior, que está junto a Andrew en su búnker—. Ve hacia allá, pero no actúes hasta que yo llegue.

—Pensé que ya habías salido hacia allí —dice Peter, molesto—. ¿Por qué perdiste tiempo?

—Tenía que confirmar algo —contesta Junior—. Tú hazme caso, encuéntrame allá y coordinaremos nuestra entrada.

Peter mira a Alain y este se alza de hombros. Es raro escuchar a Junior hablar de esa manera, él no suele planear ataques, pero si tiene algo pensado, mejor así.

—Lo que tú digas, Junior —contesta Peter—. Nos encontramos allí, tú estás al mando.

Peter enciende el motor y pisa el acelerador, lanzando el coche hacia las calles de Nueva York. Mientras se abren paso a través del tráfico nocturno, su mente está enfocada en un solo objetivo: llegar a Ainara lo antes posible.

A su lado, Alain se recuesta en el asiento, tratando de ignorar el dolor en sus músculos entumecidos. A pesar de la fatiga y el hambre, su decisión no flaquea. Sabe que aún queda mucho por hacer, pero está dispuesto a luchar hasta el final.

Peter conduce en silencio, su mirada está fija en la carretera. A pesar de la presión, ambos hombres se mentalizan para lo que les espera. No saben con qué se encontrarán al llegar a Brooklyn, pero están decididos a enfrentar cualquier desafío con tal de rescatar a Ainara y poner fin a esta pesadilla.

Los minutos pasan, y la distancia se acorta. Con cada kilómetro recorrido, Peter y Alain se acercan un paso más a la verdad detrás de la operación Zodiaco. Y en algún lugar de la ciudad, Junior se prepara para unirse a ellos, listo para liderar la carga final contra el enemigo.

La noche se cierne sobre Nueva York, y el destino aguarda en las sombras. ¿Qué sorpresas les depara el edificio abandonado en Brooklyn? ¿Y qué plan tiene Junior en mente para rescatar a Ainara?

Peter y Alain se adentran en las calles de Brooklyn, preparados para enfrentar lo que sea con tal de salvar a su compañera. La batalla final está a punto de comenzar.

BROOKLYN, Nueva York
Miércoles, 8 de diciembre, 9:15 p. m.

ABRO los ojos y veo todo nublado. Siento un dolor fuerte en el cuello y la cabeza. Parpadeo. Quiero llevar las manos a la cara para frotarme los ojos, pero no puedo. No entiendo. Hago fuerza con las manos para moverlas y siento dolor en las muñecas. Estoy sentada con los brazos atrás. Mi visión comienza a aclararse. Veo dos hombres parados al frente con pistolas en la cintura. Se dicen algo entre sí y uno sale. Estoy en una habitación grande. Tengo las manos atadas a mi espalda.

—Ainara. —Escucho una voz a mi lado que no reconozco.

Giro para mirar a la derecha. Está Tom sentado, atado a la silla como yo.

—Tom —le digo, sonriendo—. Qué bueno por fin encontrarte.

—Gracias —responde Tom, también sonriendo—. Me hubiera gustado que fuera en otras condiciones.

—No te preocupes —le digo—. No sabía si te encontraría con vida, así que esto es mejor que nada. Además, ya lo sabes, hemos salido de cosas peores.

—Eso es verdad —responde Tom—. Ya no sé hace cuántos días que me tienen encerrado. Tampoco sé de qué se trata todo esto. Salvo por los guardias, he estado prácticamente incomunicado.

—Es la operación Zodiaco —le explico al comprender que Tom había estado aislado y no tenía idea de lo que estaba pasando—. Cuando desapareciste, comenzamos a buscarte y Andrew encontró el archivo con mi nombre donde detallabas lo que sabías de esta operación.

—Diablos —maldice Tom—. Entonces era verdad. Creí que podría tratarse de eso, pero como no me dijeron nada, no podía estar seguro. Estaba justo escribiendo esa nota para ti cuando irrumpieron en mi casa. Cerré el archivo justo a tiempo. Sabía que Andrew lo encontraría. ¿Qué ha sucedido con los atentados?

—Algunos los han llevado adelante —le cuento—, pero otros los hemos evitado.

Entonces, hago silencio porque no quiero que el guardia sepa cuánto sabemos de su operación. Así que pienso bien mis palabras antes de decirlas.

—Esto —le digo—, para bien o para mal, termina hoy.

Tom asiente, comprendiendo la gravedad de la situación. A pesar de estar atados y en desventaja, puedo ver la determinación brillando en sus ojos. Él también sabe que esta noche es decisiva, que el destino de muchos está en juego.

Escudriño la habitación, buscando cualquier cosa que pueda ayudarnos a escapar. El guardia restante parece estar distraído, hablando por un walkie-talkie en voz baja. Es nuestra oportunidad.

Con movimientos sutiles, comienzo a trabajar en las ataduras de mis muñecas. El roce de la cuerda contra mi piel es doloroso, pero no me detengo. No puedo darme el lujo de flaquear ahora.

Tom nota lo que estoy haciendo y comienza a hacer lo mismo. Trabajamos en silencio, nuestros dedos moviéndose frenéticamente para aflojar los nudos. El sudor perla nuestras frentes mientras luchamos contra el tiempo y nuestras propias limitaciones.

De repente, el guardia termina su conversación y se da vuelta hacia nosotros. Nos quedamos inmóviles, conteniendo la respiración. ¿Nos habrá descubierto?

Pero el hombre simplemente nos lanza una mirada

desinteresada y se dirige hacia la puerta. La abre y sale, dejándonos solos en la habitación.

Es ahora o nunca. Con un último esfuerzo, siento que las ataduras ceden. Mis manos están libres.

Muy rápido, me inclino hacia Tom y comienzo a trabajar en sus ataduras. Cada segundo es precioso, y sé que en cualquier momento el guardia puede regresar.

Los nudos al fin se deshacen y Tom queda libre. Nos ponemos de pie, listos para huir, pero entonces escuchamos pasos acercándose a la puerta.

Nos miramos. El pulso se dispara, la respiración se vuelve corta. Sea quien sea que esté a punto de entrar, tendremos que enfrentarlo. No hay escapatoria.

La puerta se abre de golpe, y nos preparamos para luchar por nuestras vidas. ¿Será este el final del camino, o solo el comienzo de una nueva batalla?

Búnker del presidente, algún lugar de Pensilvania
Miércoles, 8 de diciembre, 9:20 p. m.

El presidente debatió unos segundos con Luna y Freddy sobre el sentido de todo esto. No entendía qué pretendía este Géminis.

—Si intenta matarme —comenta el presidente—, no saldrá de aquí con vida. Y si trata de obligarme a hacer algo, no conseguirá nada. Mi familia está protegida en otro búnker en este momento, porque se halla fuera de este estado. No tenían forma de saber que estarían allí, así que no pudieron haberse infiltrado en el otro búnker también. No tienen con qué amenazarme.

—Es por eso que debemos dejarlos actuar —le explicó Luna—. Es la única forma de saber qué traen entre manos.

Luego de esa breve discusión, el presidente llamó a Norris, quien ahora entra al despacho. Antes de cerrar la puerta, Freddy advierte que el agente Fitzroy sigue allá afuera, de pie, esperándolos. Luna y Freddy están seguros de que la falla en el excusado no es algo casual. Entienden que en realidad es parte de la estrategia para meter a un desconocido en el lugar.

—Norris —dice el presidente—, el jefe Tanaka y la señorita Márquez piensan que seremos atacados de manera inminente.

El hombre se tensa y lleva su mano al arma que tiene bajo la chaqueta.

—Pero estaremos preparados —dice el presidente para calmarlo—. Ahora necesito que escuches lo que ellos tienen para decirte y que confíes.

—Sí, señor presidente —afirma Norris y saca la mano de debajo de su chaqueta.

—El excusado no funciona —explica Freddy—. Esa es la trampa que tenían planeada. Es imposible que un lugar como este, que no se utiliza nunca, no esté bien preparado cuando se activa el protocolo de emergencia. Antes de que lleguemos debieron revisar que todo esté en orden. Pero asumimos que hicieron lo contrario, dañaron el baño para que tenga que venir alguien cuando el presidente esté aquí adentro.

Norris asiente con la cabeza, está de acuerdo con la lógica que le plantea Freddy.

—Ahora pedirás que vengan a arreglarlo —prosigue Luna—, y allí es cuando atacarán.

—¿Qué haremos cuando pase eso? —pregunta Norris.

—Como —dijo el presidente —retoma la explicación Freddy—, estaremos preparados. Necesitamos que, antes de que pidas la reparación, te lleves al agente Fitzroy, que está en la puerta, y que nos traigas dos armas.

Norris mira al presidente. Nadie dentro del búnker puede estar armado, a excepción del Servicio Secreto. El presidente asiente con la cabeza y Norris vuelve a mirar a Freddy.

—Por ahora solamente eso —dice Freddy—. Cuando vuelvas, te explicamos el resto del plan. Luego llamas a mantenimiento. Acabaremos con todo esto.

Norris sale de la habitación, dejando a Freddy, Luna y al presidente sumidos en un tenso silencio. Cada uno de ellos sabe que los próximos minutos serán cruciales, y ellos son la última línea de defensa contra la amenaza nacional de Géminis.

Luna se acerca al presidente, en sus ojos no hay más que resolución.

—Señor presidente —dice con firmeza—, pase lo que pase, debe permanecer a salvo. Si las cosas se ponen feas, no dude en ir a la sala de pánico. Nosotros nos encargaremos del resto.

El presidente asiente, consciente de la gravedad de la situación. A pesar de su posición de poder, en este momento se siente vulnerable y expuesto. Pero confía en

Freddy y Luna, sabe que ellos harán todo lo posible para protegerlo.

Freddy revisa su arma, asegurándose de que esté cargada y lista para la acción. Su mente ya está trazando posibles escenarios y estrategias de defensa. Ha enfrentado situaciones peligrosas antes, pero nunca con apuestas tan altas.

El silencio se vuelve más denso con cada instante, y la espera por Norris amenaza con desbordar la tensión contenida.

Al fin, la puerta se abre y Norris entra con dos armas. Se las entrega a Freddy y Luna, quienes las toman con manos firmes.

—El agente Fitzroy ya no está en la puerta —informa Norris—. ¿Cuál es el siguiente paso?

Freddy y Luna intercambian una mirada cómplice. Es hora de poner en marcha su plan y enfrentar a Géminis de una vez por todas.

—Ahora —dice Freddy con una sonrisa sombría—, dejemos que vengan a nosotros.

La trampa está tendida, y el enfrentamiento final se acerca. En algún lugar del búnker, Géminis se prepara para hacer su movida, ajeno a que sus planes han sido descubiertos.

En la quietud del búnker, el silencio se carga de expectativa. Nadie se mueve. Cada mirada contiene una pregunta sin respuesta: ¿cuándo caerá el golpe?

35

EL DOBLE ROSTRO

Búnker del presidente, algún lugar de Pensilvania
Miércoles, 8 de diciembre, 9:20 p. m.

Tres agentes del Servicio Secreto caminan por el corredor hacia el despacho del presidente. Acompañan a un militar de barba y lentes, es el hombre de mantenimiento. Llegan a la puerta y se encuentran con los dos agentes que hacen guardia.

—Vengo con el encargado de mantenimiento —dice el agente Jackson que camina delante.

—Perfecto, Frank —responde uno de los que hace guardia y golpea la puerta.

—Sí. —Se escucha la voz de Luna desde el otro lado.

—¿Quién está adentro? —pregunta Frank Jackson, el hombre del Servicio Secreto, a uno de los que están de guardia.

—Solo el presidente con una agente del FBI —le contesta.

Frank mira de reojo a sus acompañantes.

—Es el personal de mantenimiento —dice el otro guardia.

—Adelante —responde Luna—, que entre.

—Buen trabajo, muchachos —contesta el hombre—. Yo paso con él, ustedes vayan a descansar. Norris pidió que los reemplazaran.

—Okey, Frank —dice el guardia, y ambos dejan su puesto para ser reemplazados por los dos recién llegados —. Hasta luego, muchachos.

—Hasta luego —dice uno de los dos que se acomodan junto a la puerta.

—Permiso —dice Frank mientras abre la puerta.

Apenas da un paso dentro, ve a Luna sentada en el sillón del presidente, revisando su ordenador.

—Buenas noches —saluda el hombre luego de entrar con el militar de barba y cerrar la puerta.

—Buenas noches —responde Luna, sonriendo—. El baño no funciona.

—Por eso venimos, señorita —anuncia el agente del Servicio Secreto—. ¿Dónde está el presidente?

—Se recostó en su habitación —responde Luna—. Estaba muy cansado. Me pidió que me quede para verificar que arreglen el baño.

El agente mira hacia la habitación, que tiene la puerta entornada, y alcanza a ver que la luz está apagada. Luego camina hacia Luna y, cuando se encuentra a un paso, saca su arma y le apunta a la cabeza.

—Por favor, no intente nada y manténgase en silencio —le pide el hombre—. Lamento que tuviera que permanecer aquí, esto me resulta algo incómodo. Póngase de pie.

—¿Qué sucede? —pregunta Luna mientras se para despacio con las manos en alto.

—Le dije que haga silencio —insiste el agente—. Camine hacia la habitación.

Luna sale de atrás del escritorio y camina hacia la habitación. El hombre de barba mira la situación sin decir ni hacer nada. Luna lo mira intrigada, lo escudriña de reojo. Ella llega hasta la puerta de la habitación con el agente apuntándole. Empuja la puerta y esta se abre.

—Entra —le ordena el hombre a Luna.

Ella ingresa a la habitación. El agente mira dentro y ve al presidente en la cama, tapado hasta la cabeza. Le hace señas a Luna con el arma para que se acerque a la cama. El militar de barba entra detrás del agente. Luna se arrima a la cama y entonces el agente apunta al presidente.

—Señor presidente —dice el agente—, levántese, por favor.

El hombre en la cama permanece inmóvil. El agente se impacienta.

—Señor presidente —dice en voz más alta.

El hombre de la cama sigue sin reaccionar.

—Prende la luz —le dice el agente al militar de barba sin mirarlo, tiene la vista clavada en la cama.

La luz sigue apagada.

—Te dije que prendas la luz —exclama el agente, molesto, y gira para verlo.

Entonces, se sorprende al descubrir que hay un hombre apuntándole con su arma al militar. Es Freddy. El agente se da vuelta y le apunta.

—Baja el arma —le dice a Freddy. Pero este no se mueve.

—Baja el arma tú —dice una voz que el agente reconoce de inmediato.

Mira entonces hacia la cama y ve que quien estaba tapado hasta la cabeza no era el presidente, sino su jefe, el agente Norris, que ahora le apunta con su pistola. Luna también lo está apuntando. El hombre duda un instante y luego baja su arma.

—Lo siento, jefe —dice el agente—. Pensé que estaba pasando algo extraño. Por eso me puse inquieto y saqué mi arma.

La luz se enciende y el agente ve entrar al presidente.

—Señor presidente —dice el agente—. Ha habido un malentendido.

—Agente Jackson —dice el jefe Norris—, agáchese lentamente y deje su arma en el piso.

—Sí, por supuesto —contesta el agente y obedece. Luego se endereza—. Le pido disculpas, jefe. Cometí un grave error.

El presidente pasa junto al hombre de barba, que sigue con el arma de Freddy en la cabeza, y camina hacia el agente que ya está desarmado.

—Así que tú eres Géminis —le dice el presidente.

—Perdón, señor —sigue disculpándose el agente Jackson—. No sé a qué se refiere. Pensé que le había pasado algo y me dejé llevar, pero no hubo mala intención.

—No, señor presidente —dice Luna, que guarda su arma y pasa junto al agente para acercarse al militar—. Ese no es Géminis. Este hombre lo es.

Luna se aproxima aún más al militar, mirándolo fijo. Le quita los anteojos y lo observa con atención. Luego le acaricia la cara, o al menos eso parece. De repente, le aferra la barba con los dedos y empieza a tirar de ella. La barba comienza a despegarse y todos miran asombrados el rostro de aquel tipo.

—Géminis —dice Luna, dando un paso atrás—. El gemelo.

El presidente se acerca entonces un poco más al hombre, que ahora carece de disfraz.

—Eres igual a mí —dice el presidente—. ¿Cómo es posible?

—Por fin la operación Zodiaco tiene sentido —dice Freddy—. Pensaban reemplazarlo, señor. El Anillo infiltró a un doble. Iban a manejar el país sin rebeliones ni golpe de Estado. Simplemente iban a usar su rostro para hacer lo que quisieran.

—Perdón, señor presidente —dice Géminis—. Yo soy solo un actor que hacía imitaciones suyas. Me obligaron, yo no quería hacer esto. Tienen a mi familia secuestrada hace cinco meses. Hace tres me hicieron ingresar aquí. Cada tanto me mandan pruebas de vida para seguir haciendo lo que me ordenan.

—Deja eso para el juicio —dice Freddy—. Ahora dinos todo lo que sabes y trataremos de encontrar a tu familia. Es momento de colaborar.

—Tú también —le dice Luna al agente Jackson—.

Supongo que es tu hermana y sus hijos los que están en peligro.

El agente se sorprende de que aquella desconocida supiera de eso. Luego asiente con la cabeza, apretando la mandíbula.

—Cuéntanos todo y los rescataremos a ellos también —prosigue Freddy—. Fingiremos que su plan ha tenido éxito. Imagino que debes reportarte. Eso nos dará tiempo para poner a salvo a quien sea necesario. Explícanos cómo sigue el plan y pasarás menos tiempo en prisión.

El presidente observa la escena, atónito ante la revelación. Su mente trata de asimilar la magnitud de la conspiración que acaban de destapar. Un doble, alguien idéntico a él, infiltrado en el corazón mismo de la nación. La idea le resulta aterradora y surreal al mismo tiempo.

Géminis, por su parte, parece desmoronarse ante la presión. Las lágrimas brotan de sus ojos mientras comienza a hablar, con voz temblorosa y cargada de emoción.

—Me contactaron hace seis meses —revela—. Al principio pensé que era una broma, pero entonces secuestraron a mi familia. No tuve opción. Me sometieron a cirugías, me entrenaron para imitar cada gesto, cada inflexión de voz. Fue un infierno.

Freddy escucha con atención, su mente ya trabajando en posibles estrategias para rescatar a los rehenes y desentrañar la red del Anillo.

—¿Cuál era el plan exacto? —pregunta con voz firme pero no exenta de compasión—. ¿Cómo pensaban reemplazar al presidente?

Géminis traga saliva, su mirada se pierde en la distancia mientras recuerda los detalles siniestros.

—Hoy iba a ser el día —confiesa—. Yo tomaría el lugar del presidente, mientras que él sería drogado y sacado del búnker en secreto. Luego el Anillo me daría instrucciones sobre qué decir y qué hacer. Sería su títere, su manera de controlar el país desde las sombras.

Un escalofrío recorre la espalda del presidente al escuchar aquellas palabras. Estuvo a punto de convertirse en prisionero en su propio país, un rehén de las ambiciones oscuras del Anillo.

Luna se acerca a Géminis, con mirada intensa y penetrante.

—¿Quién es tu contacto? —pregunta—. ¿Cómo te comunicabas con el Anillo?

Géminis duda por un momento, pero luego saca un pequeño dispositivo de su bolsillo.

—A través de esto —dice, entregándoselo a Luna—. Es un comunicador encriptado. Solo recibo órdenes, nunca sé quién está al otro lado.

Luna toma el dispositivo, tendrá que maquinar posibles formas de rastrear la señal y llegar hasta los cerebros de la operación.

Mientras tanto, el agente Jackson comienza a hablar. Tiene la voz cargada de arrepentimiento y desesperación.

—Yo... yo no quería traicionar a mi país —dice, bajando la mirada—. Pero cuando amenazaron a mi hermana y a mis sobrinos, no vi otra salida. Me convencieron de que el presidente estaba corrompido, que era necesario un cambio. Fui un tonto al creerles.

Freddy pone una mano en el hombro del agente, su gesto es a la vez de comprensión y firmeza.

—Lo importante ahora es actuar rápido —dice, mirando a todos los presentes—. Debemos fingir que el plan sigue en marcha mientras trabajamos para localizar y rescatar a los rehenes. Y luego, iremos tras el Anillo con todo lo que tenemos.

El presidente asiente, muestra una expresión firme a pesar del shock que acaba de sufrir.

—Hagan lo que sea necesario —dice con autoridad —. Quiero a esos bastardos tras las rejas, y a mi país a salvo de su influencia maligna.

Freddy, Luna y Norris intercambian miradas cómplices, listos para poner en marcha su plan. Saben que la batalla está lejos de terminar, pero ahora tienen una ventaja crucial: conocen el rostro del enemigo.

Mientras tanto, en algún lugar oscuro y secreto, los líderes del Anillo aguardan noticias de su agente infiltrado, ajenos a que su elaborada telaraña de engaños comienza a deshilacharse.

36

EL ECO DEL ÚLTIMO DISPARO

Brooklyn, Nueva York
Miércoles, 8 de diciembre, 9:30 p. m.

La puerta se vuelve a abrir y comienza a entrar gente. Está el mercenario que salió apenas me desperté y cuatro hombres más. Dos de ellos armados y los otros no. A estos últimos los reconozco enseguida, ya había estudiado sus fotos. Son Cáncer y Acuario.

Los dos hombres armados se detienen y nos apuntan con sus pistolas, mientras que los líderes se nos acercan un poco más.

—Acuario —digo—, Cáncer, es un gusto conocerlos en persona.

—Ainara Pons —responde Cáncer—, el gusto es nuestro.

—Es bueno no necesitar presentaciones —prosigo—.

Es una pena que Leo y Géminis no hayan venido a la fiesta. ¿Llegarán más tarde?

Mi idea es hacerlos hablar, ganar tiempo, hacerles pensar que no sé el paradero de Leo ni de Géminis. De esa manera, Peter, Luna y Freddy podrán hacer lo suyo. Lo que nos pase a mí y a Tom, eso se verá. Por lo pronto, se trata de descubrir, si es posible, el plan completo y mantenernos con vida lo más que podamos.

—No te preocupes por Leo —dice Cáncer—. Su parte en esta operación ya terminó. Probablemente esté camino a África.

—En cuanto a Géminis —dice Acuario—, solo lo veremos por televisión. Nunca llegamos a conocerlo en persona.

Ambos sonríen y yo no comprendo de qué hablan.

—¿Qué significa eso? —pregunto intrigada.

—Mmm... —dice Acuario—. No sé si debemos contarte eso ahora. Primero esperaremos la confirmación de que todo salió bien.

—Debo confesarte —continúa Cáncer— que al principio nos tomaste por sorpresa. Tardamos en descubrir quién nos estaba persiguiendo. Recién cuando Acuario los captó con las cámaras en la central hidroeléctrica, pudimos investigar de quién se trataba y descubrimos que eras tú.

—Te felicito —dice Acuario—. Cuando me despedí por el altavoz en Conowingo, pensé que había acabado con ustedes. Luego, al buscar tu identidad a través de tu rostro, supimos que el Anillo estaba tras de ti hacía años. Fue por eso que creímos que lo de la central había sido un doble éxito. Cumplimos con nuestro objetivo primario, dejar a Maryland sin luz y, de paso, tuvimos un logro extra: matarte.

—De hecho —retoma la palabra Cáncer—, cuando le enviamos tus imágenes al Camaleón y le dijimos que habías muerto en el atentado, nos —respondió que hasta no ver tu cadáver no lo creería.

El Camaleón. Es él quien está detrás de esto.

—Nos pareció una exageración —interviene Acuario —, pero ahora que te tenemos aquí, me doy cuenta de que el Camaleón no exageró para nada. Tienes más vidas que un gato.

—¿Qué piensan hacer ahora con nosotros? —pregunto.

Ya comprendí que no me dirán más del plan hasta que llegue a su final. En cuanto a Leo, no sé si está camino a África o se encontró con Peter. Tampoco sé nada de Alain. La realidad es que la situación se ve muy mal. Al menos, quisiera saber qué tienen en mente para nosotros.

—En lo que se refiere a ti —responde Cáncer—, ya hablamos con el Camaleón. Le dijimos que no encontramos tu cadáver, pero que teníamos algo mejor: te atrapamos con vida. Así que ahora está en camino hacia aquí. Vendrá él mismo a buscarte. En cuanto al amigo Tom, a esta altura ya no tiene sentido mantenerlo con vida. La idea era que su cadáver no advirtiera a las autoridades de nuestra existencia, pero ahora que todo acabó... Igual dejaremos que el Camaleón decida. Tal vez nos dé algunos dólares más por él.

—No imaginas lo que nos dará por ti —agrega Acuario—. Solo debemos entregarte viva.

—Es verdad —afirma Cáncer acercándose a mí—. Solo tienes que estar viva. Nadie —dijo que debíamos entregarte en buenas condiciones.

Entonces, estira su mano y acaricia mi cabello. Luego desciende, rozando mi rostro. Me da asco. Después el cuello. Cuando está por llegar a mi busto, se escuchan disparos. Él gira para ver de qué se trata. Los hombres armados salen por la puerta para intervenir en lo que parece un ataque. Peter y Junior deben estar ahí adelante tratando de rescatarnos.

Yo aprovecho que lo tengo cerca y le pateo la pierna a la altura de la rodilla, haciéndolo caer. Entonces, con las dos piernas como tenazas, lo tomo del cuello y empiezo a apretar. Yo veo la parte de atrás de su cabeza y él lucha con mis piernas, tratando de zafarse.

En eso se acerca Acuario a ayudarlo. Supongo que viene a golpearme. Pero cuando alza la mano, es empujado por Tom, que con silla y todo se ha levantado y arrojado sobre él.

Los disparos se sienten cada vez más cerca. Cáncer me golpea con fuerza las piernas hasta que logra separarse de mí. Toma aliento por un instante. Luego se pone de pie y se acerca, enfurecido, pero Acuario, que ya se ha levantado del suelo, lo detiene. Le señala la puerta de adelante, donde aparece uno de sus hombres heridos, y cae al piso.

—Debemos salir de aquí —le dice Acuario—. Ya cobramos suficiente dinero. No necesitamos arriesgarnos. Yo me voy.

Cuando termina de decir eso, Acuario camina hacia una puerta a nuestra izquierda, una distinta a la de donde se oye el tiroteo. Cáncer lo mira, luego me mira a mí y después se va corriendo.

—Ainara —dice Tom, sentándose con la silla a mis espaldas—. Ya aflojé bastante mis nudos. Me desatarás con facilidad.

Tiene razón. En unos segundos lo desato y después él me desata a mí.

—Vamos tras ellos —le digo, y corremos hacia la puerta por la que salieron.

Entramos a un corredor largo, en el que al final hay una puerta abierta que da a la calle. Creo que los malditos se escaparán. No están armados, pero nosotros tampoco. Nos llevan mucho la delantera. No creo que los alcancemos.

Cuando al fin salimos a la calle, veo que Acuario y Cáncer están parados en la acera con los brazos en alto. Doy un paso al costado para ver qué sucede y descubro a Peter y a Alain apuntándoles con sus armas. Una felicidad inmensa me invade al ver que Alain está bien. Suspiro profundo.

Pero cuando estoy por relajarme, advierto que un coche negro muy lujoso se acerca despacio por la calle. Veo entonces que por la ventanilla de adelante se asoma el cañón de una ametralladora.

—¡Alain, Peter, al suelo! —les grito y me arrojo al piso.

Empieza a sonar la ráfaga de la ametralladora y me tapo la cabeza con las manos como si eso pudiera protegerme de algo. Escucho los tiros pegar en el suelo cerca de mí, pero ninguno me alcanza.

Los disparos cesan y miro hacia adelante. El coche se

marcha a toda velocidad. Veo a los muchachos en el piso y me pongo de pie. Lo veo a Tom en el suelo a mi lado.

—Estoy bien, Ainara —me dice.

Entonces, corro hacia Peter. Paso junto a los cuerpos ensangrentados de Acuario y Cáncer, inmóviles en la acera. Llego a los muchachos y veo que están bocabajo. Los dos se empiezan a levantar sin un rasguño. Corro a abrazar a Alain. Tom, que venía detrás de mí, se abraza con Peter.

—Aunque parezca increíble —dice Alain—, estamos todos bien.

—Menos ellos dos —dice Tom señalando a los cuerpos sin vida de Cáncer y Acuario.

—¿Quién diablos era ese hijo de perra? —pregunta Peter mirando en la dirección en que se fue el coche.

—Creo que era el Camaleón —respondo—. Venía a buscarme, pero se llevó una sorpresa.

En ese momento, me doy cuenta de que no se escuchan más disparos en el edificio. Los miro a los muchachos frente a mí.

—Si ustedes están acá —digo—, ¿quién está...?

Me doy vuelta y miro hacia la puerta por la que salimos. Veo a Junior salir caminando con una ametralladora enorme. Detrás de él aparecen tres hombres más. Apenas los veo, sé quiénes son. Tom también los reconoce y camina hacia ellos. Son Henry, Diego y Paul. Ya hemos trabajado juntos antes, en el mismo caso en el que Tom se hizo famoso y Freddy fue condecorado.

Junior se acerca con su ametralladora como si fuera Rambo.

—Los muchachos estaban en la ciudad —dice Junior

señalando a nuestros amigos, que están a los abrazos con Tom—. Los traje a hacer un poco de ejercicio.

Se escuchan sirenas de la policía.

—Tenemos el coche por aquí —dice Peter—. Mejor nos vamos.

La adrenalina aún corre por mis venas mientras nos alejamos de la escena del tiroteo. Miro hacia atrás una última vez, observando los cuerpos sin vida de Cáncer y Acuario en la acera. Una parte de mí siente alivio al saber que dos piezas clave de la operación Zodiaco han sido eliminadas, pero también soy consciente de que la amenaza del Camaleón sigue presente.

Mientras nos adentramos en las calles de Nueva York, mi mente no puede evitar preguntarse quién se esconde detrás de esa misteriosa figura. ¿Qué secretos guarda el Camaleón? ¿Y por qué parece tener un interés tan personal en mí?

Sé que esta noche hemos ganado una batalla importante, pero la guerra contra el Anillo está lejos de terminar. Con cada respuesta que encontramos, surgen nuevas preguntas. Pero por ahora, me permito un momento de alivio al saber que Tom y Alain están a salvo. Juntos, hemos logrado lo imposible, y hemos demostrado que somos una fuerza a tener en cuenta.

Mientras el coche se pierde en la noche neoyorquina, me aferro a la esperanza de que, algún día, lograremos desentrañar los misterios que rodean al Anillo y llevar a sus líderes ante la justicia. Hasta entonces, seguiremos luchando en las sombras y protegiendo a los inocentes.

EPÍLOGO

Los veo a Tom y a Alain sentados en el sillón y no puedo dejar de sonreír. Hace menos de una semana estuvimos a punto de perderlos. De hecho, dudaba de que ambos siguieran con vida. Yo estoy sentada en el suelo contra la pared. Me he acostumbrado a este rincón. Cada vez que entro al búnker de Andrew, ya sea que Bob, mi bestia negra, venga conmigo o ya se encuentre aquí, siempre se sienta en este lugar, esperando que le venga a hacer compañía. Ahora está echado a mi lado, apoyando su lomo contra mis piernas.

Freddy saca un par de cervezas del refrigerador. Se sienta en la silla frente a la mesa y le pasa una de las latas a Junior.

—No pudimos encontrar a la familia de Géminis —dice Freddy—. El pobre tipo no solo pasará unos cuantos años en prisión, sino que además puede que nunca vuelva a ver a sus hijos.

—¿Qué pasó con el agente Jackson? —pregunta Luna.

—Su hermana sí fue rescatada —responde Freddy luego de darle un sorbo a su cerveza—. Hubo un pequeño tiroteo, pero todo salió bien. Lo mismo sucedió con los dos agentes que se habían quedado en la puerta. Sus familias están a salvo. Los esperarán a que salgan de la cárcel.

—No puedo publicar nada de esto, ¿verdad? —pregunta Tom.

—No —responde Freddy—. Es secreto de Estado. Nadie puede saber que por poco reemplazan al presidente con un doble en su propio búnker. El Gobierno quedaría en ridículo.

—Es una pena —opina Tom—. Era una buena historia.

—No te preocupes —dice Freddy—. Ya pedí autorización. En cuanto esté terminado el informe oficial sobre la operación Zodiaco, serás el primero en tenerlo.

—Bueno —dice Tom—. Aunque no sea la verdad, espero que se esmeren y me den una buena historia.

—¿Qué hay de ti, Luna? —pregunta Peter desde el otro sillón—. ¿Cómo fue tu experiencia con el presidente?

—Es un hombre agradable —contesta ella—. Quería condecorarme, pero le dije que mejor no. No quiero llamar la atención. Creo que aún estoy fuera del radar del Anillo, y eso nos conviene a todos.

—O sea que los únicos que ganaron algo con esto —dice Alain— son Tom con su primicia y Freddy con su ascenso definitivo a jefe.

—No es lo único que ganamos —intervengo—. Ganamos también la confianza del presidente. Ahora sabe que Freddy maneja una fuerza independiente que soluciona los problemas que las agencias corruptas no pueden. Eso lo podremos utilizar en algún momento.

—Tal vez nos dé un indulto para Ainara —dice Junior, ilusionado.

—Mientras el Anillo siga activo —digo—, es mejor permanecer en las sombras.

—Hablando del Anillo —continúa Junior—, creo que el que tuvo mucha suerte en este caso fue el Camaleón. Si hubiera llegado unos minutos antes, lo habríamos atrapado.

—Es verdad, Junior —dice Peter—. Te luciste en esa entrada.

—En realidad, fueron los muchachos —contesta Junior elevando la lata de cerveza como si estuviera brindando—. Yo solo les pedí ayuda y ellos hicieron todo el trabajo.

—Fue un caso exitoso —digo—. Salvamos muchas vidas y no perdimos a ninguno de los nuestros. Espero que el próximo resulte igual.

Mientras miro a mi alrededor, no puedo evitar sentir una mezcla de orgullo y gratitud. Este equipo, esta familia que hemos formado, es lo que nos mantiene fuertes frente a la adversidad. Cada uno de nosotros aporta algo único, y juntos somos capaces de lograr lo imposible.

Pero también soy consciente de que nuestra lucha no ha terminado. El Anillo sigue ahí afuera, operando en las sombras, y el misterioso Camaleón aún nos elude. Sé que vendrán nuevos desafíos, nuevas amenazas que pondrán a prueba nuestra determinación y nuestros lazos.

Sin embargo, en este momento, rodeada de las personas que más quiero, me permito disfrutar de esta pequeña victoria. Hemos ganado una batalla importante, y eso es algo que merece ser celebrado.

Miro a Bob, que me devuelve la mirada con sus ojos llenos de lealtad y cariño. Acaricio su pelaje suave, encontrando consuelo en su presencia silenciosa. Él ha estado a mi lado en los momentos más oscuros, y sé que seguirá estándolo en los que vendrán.

Porque eso es lo que hacemos. Nos apoyamos los unos a los otros, nos cuidamos y luchamos juntos contra las fuerzas que amenazan la justicia y la verdad. Somos un equipo, una familia, y eso es lo que nos hace invencibles.

Así que, mientras el sol se pone en el horizonte y las risas llenan el búnker, me permito soñar con un futuro en el que el Anillo sea solo un recuerdo lejano. Un futuro en el que podamos vivir en paz, libres de la sombra de la corrupción y la maldad.

Hasta entonces, seguiremos luchando, seguiremos perseverando. Porque eso es lo que hacen los héroes. Y aunque el mundo no sepa nuestros nombres, nosotros sabemos quiénes somos y por qué luchamos.

Somos los guardianes en las sombras, los defensores de los inocentes. Y mientras estemos juntos, nada podrá detenernos.

Con una sonrisa en los labios, me uno a la conversación, disfrutando de este momento de calma antes de la próxima tormenta. Porque sé que, pase lo que pase, siempre tendré a mi familia a mi lado. Y eso es todo lo que necesito para seguir adelante.

FIN

Ainara regresa en la décima tercera novela de la serie:
Alaska Arde. Obtenla aquí:
https://geni.us/AlaskaArde

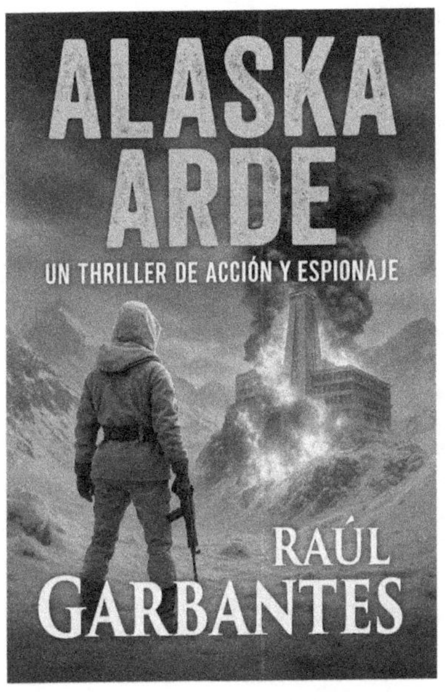

Puedes encontrar todas las novelas de la serie de Ainara
Pons aquí:
https://geni.us/SerieAinaraPons

NOTAS DEL AUTOR

Espero hayas disfrutado la lectura de esta novela.

Si te gustó mi obra, por favor déjame una opinión en Amazon. Las críticas amables son buenas para los autores y los lectores... y un estudio reciente (realizado por mi persona) también indica que escribir una opinión positiva es bueno para el alma ☺
¿Sabías que ahora también puedes disfrutar de mis historias en audiolibros? Te invito a gozar de esta experiencia con mi relato *Los desaparecidos*. Escúchalo **gratis** aquí:
https://soundcloud.com/raulgarbantes/losdesaparecidos

Finalmente, si deseas contactarte conmigo puedes escribirme directamente a raul@raulgarbantes.com.

Mis mejores deseos,
Raúl Garbantes